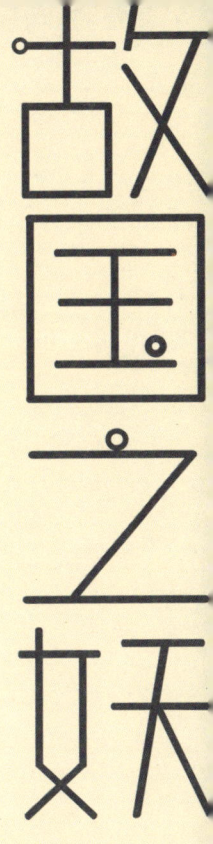

盛文强　著

目录

自序 | 001

卷一 妖怪编年

居家必备妖怪指南 | 003
作为妖怪学家的孔子 | 009
驱鬼之书 | 014
人面兽身的妖娆 | 018
水怪无支祁 | 023
古代飞碟简史 | 029
四目神的眼睛 | 037

041 | 山魈考

047 | 含沙射影的蜮

052 | 比肩兽的尴尬

057 | 猿猴盗妇

062 | 人鱼之恋

072 | 僵尸简史

084 | 厕神紫姑

090 | 飓　母

095 | 月光的魔力

103 | 猪　妖

111 | 人面蛇身

虾　精 | 116

民国神童的外星人图谱 | 120

发　妖 | 131

卷二　舶来舶去

如何想象中国怪兽 | 137

人形植物简史 | 149

大唐幻术 | 156

《山海经》怪兽的译法 | 166

日本妖怪：幽暗、邪魅与狂狷 | 170

179 | 水木茂的妖怪画

184 | 外国人与中国龙

191 | 刑天氏的踪迹

196 | 麒麟从海上来

202 | 食梦貘：我们梦中相见

207 | 姑获鸟之夜

213 | 海怪出没

224 | 飞机、火车与轮船

232 | 龙生九子

卷三 童年阴影

上吊的图像史 | 247

年画上的妖怪 | 252

年是一头怪兽 | 256

魂兮归来：家堂上的鬼神 | 261

狗血的文化史 | 266

清明节的鬼怪 | 275

端午节的五毒 | 283

重阳节的厉鬼 | 287

虎外婆的变形术 | 292

别拿黄鼠狼不当神仙 | 296

自序

书写妖异怪诞之事,是一种古老而又隐秘的叙事传统,谓之志怪。

志者,记录也;怪者,怪异也。源自两汉魏晋时的志怪,受神仙方术之风的影响,怪谈百出,耀人眼目。此间有博物学家高谈阔论,讲述海外方国、奇花异木、珍禽怪兽,有着穷极宇宙奥秘之热忱,比如托名东方朔的《十洲记》。又有野史稗官,秘密传递着大人物们的奇遇,比如托名班固的《汉武故事》。还有坚定的有神论者也在讲述妖怪鬼神的踪迹,比如干宝的《搜神记》。

在这些密集的文本中,上古妖怪得以重现,新的妖怪集束式诞生。当年的志怪作者,认定妖怪是真实的存在。《搜神记》的作者干宝,其写作目的就是为了印证"神道之不诬",因此他认为鬼神怪异之事正是信史的一部分,他注重文字的精准与简洁,他坚信正在记下的是历史。

跨越文体的先行者们，原本无有"文学"的观念，也无卖弄文字的习气。他们以断片和截面的古老方式，甚至略显笨拙，却在无意中抵达了中国故事的核心。时至今日，断章取义和道听途说却要遭受指摘，谈妖说怪也被斥为虚妄。愈发无趣而又平庸的生活，妖怪也躲得无影无踪。

于我而言，搜罗久远的妖怪逸事，类似于一种拼图游戏，在残损的碎片中，复原整体的形貌。妖怪的世界自成体系，是对日常的超越，又是对日常的讽喻。在若即若离之间，妖怪实现了自身的意义。

且愿妖怪们的命运，能少些蹭蹬，多些绚丽，正如我们对自身命运的期许。

是为序。

盛文强

2019年秋于青岛

卷一

妖怪编年

居家必备妖怪指南

黄帝曾东巡至海边,驻足之际,忽有一头神兽掀起滔天巨浪,从浪花中间冒出了头颅。黄帝及其随从们大惊失色,纷纷拿起了兵器。作为道德化身的黄帝,及时制止了手下的鲁莽。原来,这是古往今来的第一瑞兽,而且还能口吐人言。这头怪兽自报家门——它的名字叫白泽。

白泽的长相,历来众说纷纭。有人说像麒麟,也有人说像狮子,长着山羊胡,还有人认为白泽即独角兽。总之,白泽的相貌难以界定,就像所有的神兽一样,它们是冷僻的名词,是观念中的凸起物,难以触及的所在,偶尔在梦中得见一鳞半爪。

这时,神兽已经泅水登岸,它做完自我介绍,皮毛上还有海水落下,这使它看上去更像一只落汤鸡。不过,这并不影响它渊博的头脑,经水浸泡之后,它的音调也变得潮湿,黄帝和群臣侧耳倾听,白泽未张嘴,话音从它硕大的头颅深处传来。

《云笈七签·轩辕本纪》记载了这段逸事:"帝巡狩,东至海,登桓山,于海滨得白泽神兽,能言,达于万物之情。因问天下鬼神之事,自古精气为物、游魂为变者凡万一千五百二十种,白泽言之,帝令以图写之,以示天下。"可以确定的是,来历不明的白泽是最为渊博的神兽。黄帝向它请教天下鬼神妖怪的情形,白泽一一道来,共计一万一千五百二十种,并有破解之法,黄帝命人记录下来,编订为《白泽图》。

《白泽图》是一份记妖怪数目万余种,卷帙浩繁的妖怪谱系。在古人看来,动物、器具、草木、金石等皆可为怪,它们在上古时代扮演着可惊可怖的黑暗角色。如何为它们命名?无人知晓,只好归功于无所不知的白泽——白泽将妖怪的秘密公之于世。可惜《白泽图》如今大多已经失传,只有流落海外的敦煌残纸数张,来自唐人手笔,从中依稀可见当年《白泽图》的风貌,所记的妖怪,多有奇怪的名字,并配有简笔的小像。

比如"鬼夜呼少妇名者,老鸡也。赤身白头,黄衣下黑,以其屎涂好器,煞之则已",这是家中老鸡成精作怪。又有各类精怪名称,略近于人名,比如"火之精曰宋无忌""木之精名彭侯""玉之精名岱委"。知道这些精怪的名字,在遇到它们时就可以直呼其名,比如对付厕精:"厕之精名曰依倚,青衣,持白杖,知其名呼之者除,不知其名则死。"

知其名则可破，不知名则有生命危险，这种古老的巫术谓之"呼名术"。在秘传的妖怪图谱《白泽图》中，妖怪们有着冷僻而又拗口的名字，有时只有一个音节，仿佛一声短促的咒语，只要叫出妖怪的名字，就会立刻脱离危险。

在《白泽图》的写本中，书写者们肯定会在那些相似的句式中感到厌倦。《白泽图》中的句式简单，通常是写妖怪叫什么名字，出现在什么地方，最后往往加一句"呼之则吉"；也就是说，识得妖怪，叫出妖怪的名字，便可高枕无忧。

人知妖怪之名，则妖怪不敢来侵犯，但知晓妖怪的名字，又谈何容易。想来只有博物学家才能从容分辨花样百出的妖怪——它们分布在山泽之中，或者出现在居室之内，甚至存在于人们的一闪念之间，可以说无处不在，其数量是惊人的。妖怪之间又有秘密的关系，难以厘清。再者，妖怪的名字往往怪异，并非人间话语体系，因此显得古奥难解；妖怪的行为方式也不合乎正常逻辑，所有这些，都让妖怪变得莫测高深。且看《白泽图》的一些佚文：

> 山中山精之形如小儿而独足，足向后，喜来犯人。人入山谷，闻其音声笑语，其名曰蚑，知而呼之，即不敢犯人也。一名热内，亦可兼呼之。又有山精如鼓，赤色，亦一足，其名曰晖。又或如人长九尺，衣裘戴笠，名曰金累。又或如龙而赤色五角，名曰飞飞，见之皆

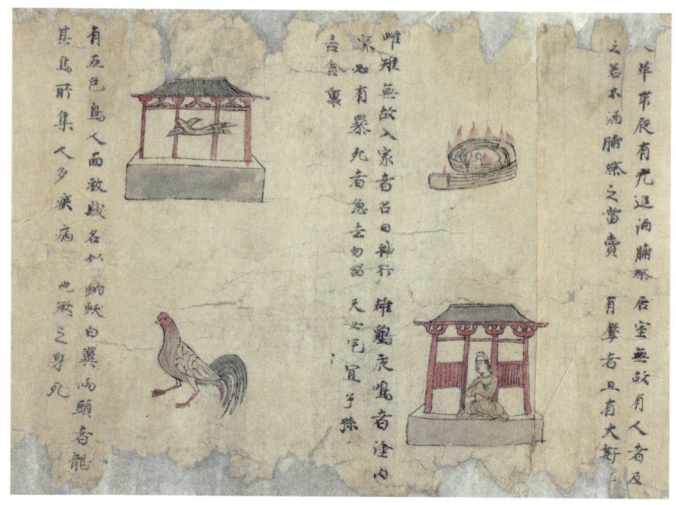

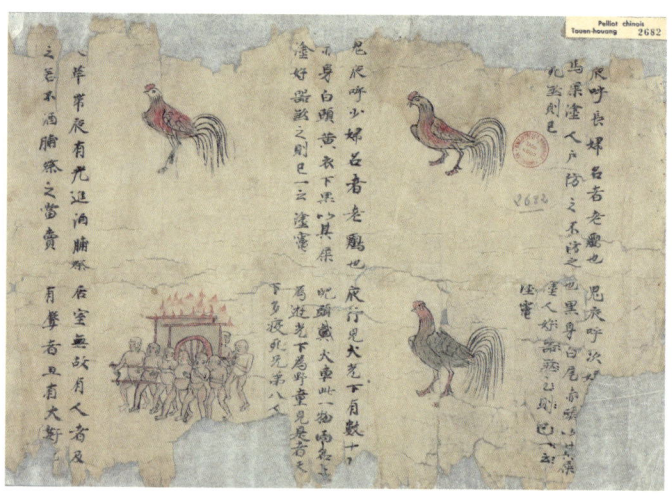

敦煌《白泽图》残卷

以名呼之,即不敢为害也。山中有大树,有能语者,非树能语也,其精名曰云阳,呼之则吉……山水之间见吏者,名曰四徼,以其名呼之,即吉。山中见大蛇着冠帻者,名曰升卿,呼之即吉。

《白泽图》彰显了名字的重要,或许在世人的意识深处,尚有一种"红尘中心观",认为这些红尘之外的妖怪,都像贼人一样,是鬼鬼祟祟见不得人的,只要叫出它们的名字,就是喝破了它们的来历,也即知道它们的底细,就可以让它们望风而逃了。《白泽图》在有意无意中便充当着"速查手册"。古人但凡遇到妖怪,立刻取来《白泽图》比照查看,如果时间来得及,妖怪又不那么凶猛,就可以临阵磨枪,并将其制服。

对妖怪的熟悉,已然成为一种博物学的诉求,那些博闻强记的博物学家,在妖怪横行的年代里就可以高枕无忧了。未知的事物令人恐惧,而博物学的知识,显然可以转化为强大的能量,足以降妖除魔。《搜神记》中提到三国时诸葛恪做丹阳太守,某日出去打猎,行至两山之间,见一个怪模怪样的小孩,众人皆不认识,熟读《白泽图》的诸葛恪却认得这是山精:"此事在《白泽图》内,曰:'两山之间,其精如小儿,见人,则伸手欲引之,名曰傒囊。'"众人叹服诸葛恪的博闻多识,以为诸葛恪是神人,他知道妖怪的底细,妖怪也就不攻自破了。

诸葛恪仰仗的就是《白泽图》,在一番记诵之后,便可化险为夷,与妖怪有关的知识因此而受到人们的青睐。后来《白泽图》大行于世,几乎人手一册,成为居家必备的妖怪指南,凡遇有妖异,立即查找到破解之法,依法施用。宋人江休复的《杂志》载:"欧永叔少时见一物如蛇,四足,有斑锦文,《白泽图》云:是刀之精。"可见古时妖精遍地的场景,《白泽图》作为日常生活中的工具书,受到欢迎也就在预料之中了。

有古谚说:"家有白泽图,妖怪自消除。"可惜的是,这份妖怪谱后来失传了——万余种妖怪的体系过于庞大,从诞生之日起,就注定难逃失传的命运。也或许是《白泽图》的效果过于显著,使妖怪们深为忌惮,暗中将《白泽图》捣毁,从此以后,《白泽图》便没落了。

作为妖怪学家的孔子

子不语怪力乱神,见于《论语·述而》。孔子有这样的态度,后世儒家都当作道德准则来恪守,不敢越雷池一步,所以儒生们看上去比较无趣。清代袁枚作志怪小说,干脆就叫《子不语》,所记的都是"子所不语"的怪力乱神。

实际上,孔子不谈神怪之事,是有意回避。孔子认为谈论怪事会使人生疑,惑乱人心,所以圣人不为,但这并不意味着他不知道。相反,在世间出没的妖怪,孔子多能识得,并直接呼出它们的名字,使怪异消弭于无形。

《孔子家语》载:"齐有一足之鸟,飞集于公朝,下止于殿前,舒翅而跳。齐侯大怪之,使使聘鲁,问孔子。孔子曰:此鸟名曰商羊,水祥也。昔儿童有屈其一脚,振讯两眉而跳,且谣曰:天将大雨,商羊鼓舞。"当时齐国的国君是齐景公,他见殿前有不知名的怪鸟,便派人去鲁国问孔子,孔子问知详情,立刻说这种鸟名叫商羊,它屈着一只脚在田中跳跃,就是天降大雨的前兆。于是齐国挖沟渠,修堤坝,结果真有雨水泛滥成灾,邻近诸国多有受灾者,只有齐国做到了有备无患,齐景公也不得不赞叹孔子的博学多知。商羊在大雨前有屈腿蹦跳的反常举动,被人们模仿,即儿童游戏中的"撞拐",两小儿各自抱起一腿,另一腿着地,蹦跳着互相撞击,据说即是上古求雨仪式"商羊舞"的孑遗。

除了辨识商羊,《国语》中又有孔子谈论山精水怪:"季桓子穿井,获如土缶,其中有羊焉。使问之仲尼曰:'吾穿井而获狗,何也?'对曰:'以丘之所闻,羊也。丘闻之:木石之怪曰夔魍魉,水之怪曰龙罔象,土之怪曰羵羊。'"木石之怪,叫作夔魍魉,水怪叫作龙罔象,土里的精怪叫作羵羊。

孔子对有关妖怪的问题,总是对答如流,看来早有相关的知识储备。似乎孔子早就看过《白泽图》之类的上古妖怪图谱,把妖怪的特征和名字牢记于心。在人们的印象中,圣人是无所不知的,因此他就获得了无与伦比的力量,足以识别妖怪;只不过这些事迹显得不那么重要,只能增添一两段茶余饭后的怪谈罢了。

最令人熟知的例子,是孔子与麒麟的故事。鲁哀公十四年,有人猎到一头怪兽,非牛非鹿,非驴非马,人们认为是妖孽,抛之荒野,麒麟重伤不治而死。孔子听说后,立刻知道这是麒麟。本应出现在太平盛世的麒麟,却生不逢时,出现在乱世,孔子从麒麟身上看到了与自身相似的命运。早在孔子出生时,其母亲遇到麒麟,麒麟口吐帛书,说孔子有王

掘土得羊 ［法］禄是遒《中国民间信仰》

麟出而死　[法]禄是遒《中国民间信仰》

侯之德，无王侯之位，为孔子的一生做了预言。此番见麒麟死，孔子认为是不祥之兆，作挽歌曰："唐虞世兮麟凤游，今非其时来何求？麟兮麟兮我心忧。"孔子编订的《春秋》，也在西狩获麟这一年戛然而止，成为《春秋》历史叙事的终点。不久之后，孔子也去世了。

孔子虽不谈论怪力乱神，但怪力乱神总不离他左右，这是一种怎样的悖论？作为妖怪学家的孔子，在谈论妖怪之时，处境是尴尬的。或许，在孔子积极入世的人生规划之中，当然要把自己变得无趣一些，甚至要装得粗鲁无文，怪异之事，轻易不可谈起，否则便是冒犯。这种游戏规则，古今皆然。

驱鬼之书

睡虎地秦简1975年在湖北省云梦县睡虎地秦墓中出土，秦简中的《日书》格外引人注目，这是在秦朝中下层百姓中流行的占卜手册。

秦人对鬼神之事素来虔信，认为鬼神应当"有所归"，不然便会使人遭祸。与此同时，种种禁忌也都随之而设。比如《日书·娶妻》篇认为，"戊申""己酉"这两天结婚不吉利，因为"牵牛宿"迎娶"织女宿"就是在这天，结果连续三次都没能娶成，这或许是牛郎织女故事的雏形。后来的皇历延续了这类模式，不过简省为简短的一句"今日不宜嫁娶"，不谈原因，只有一个冷冰冰的结果，远不及秦人的《日书》有趣。

《日书》中的《诘咎》一篇，记载天下鬼怪，并附了驱逐鬼怪的方术，所记鬼怪名目有四十余种，比如刺鬼、丘鬼、哀鬼、飘风、阳鬼、凶鬼、神虫、图夫、游鬼、饿鬼、水亡殇、鬼婴儿、哀乳之鬼、夭鬼、野火伪为虫、厉鬼、地虫。

这些怪异的名字，也正是鬼怪们离奇身份的一部分。在《白泽图》中，知道妖怪的名字，并在妖怪出现时直呼其名，就可逢凶化吉。《白泽图》是博物学家的专利，而在《日书》中，驱逐鬼怪则显得更具有可操作性。作为日常实用的驱鬼手册，《日书》给出了若干方法，人人可学，学而能用，那时驱鬼之术还不是什么秘术，有着广泛的群众基础。

在治鬼之前，要先了解鬼的形貌。按《日书》所载，鬼的常见状态是"屈卧箕坐，连行踦立"——它们睡觉时弯曲着身子，双腿张开像簸箕那样坐在地上，走路时脚步粘连，站立不动时只用一条腿。而不同的鬼，又各有其危害。比如哀鬼对你纠缠不休，使你脸色苍白、无精打采、不思饮食；棘鬼出现在家中，会导致全家病倒；刺鬼会不停地骚扰人；凶鬼会经常半夜敲你家门。当然也有比较可怜的鬼，比如"哀乳鬼"，会向人索要食物，这是饿死的婴儿，只要找到婴儿的尸体将其埋葬，哀乳鬼就会消失。

在驱鬼的方术中，植物的地位最为显赫，介于巫术和药剂之间，兼有二者的功效。用熏烧牡棘的办法去驱赶一种叫"幼龙"的妖怪，用桑木杖驱赶"诱鬼"，点燃莎草根、牡棘柄可以驱赶鬼魂。其他常见的驱鬼材料还有苇草、白茅等。

最重要的要数桃木。桃木可以辟邪，这是较为古老的传统了。相传上古时东海中有一大岛，其中有一棵覆盖三千里的大桃树，有两个名为神荼、郁垒的神人，折了这桃树上的

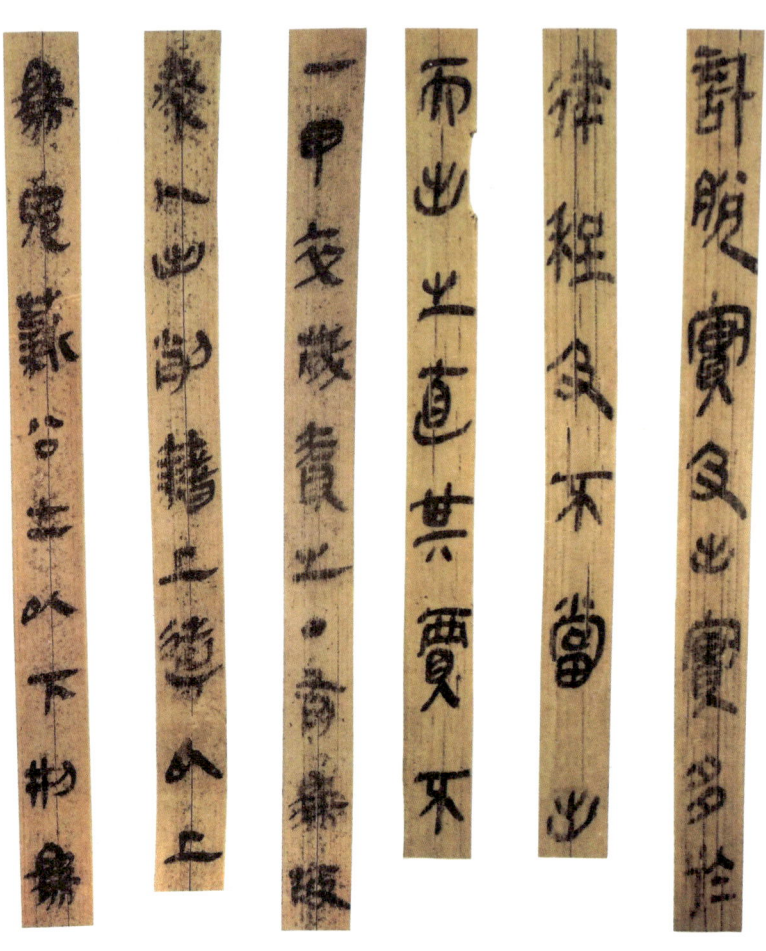

睡虎地秦简

树枝，去世间打鬼。《日书》与这一古老传说有着千丝万缕的联系，据其记载，用桃木做弓，桑木做箭，可以射鬼；用桃木条可以刺鬼；微红的桃木，抽打到鬼身上，即可起到烈火灼烧般的效果。这种方法也影响到后世，后来的道士驱鬼，总要有一把精雕细琢的桃木剑，否则会显得很不专业。

臭不可闻的狗屎也是驱鬼的利器。如果有鬼怪纠缠家中女眷，就要用狗屎（狗矢）洗浴，从而使鬼怪不敢近身。看来鬼也害怕恶臭，只不过这个方法用起来颇考验人的耐力。在古人看来，突发的疯病，就是被鬼所迷惑，狗屎盆在混乱中准备就绪，在家人的强行压制之下，狗屎泼满了发狂者的全身。这种方法到明清时还有人在用，不过改成了内服。李时珍在《本草纲目》中说人发狂时要灌粪汤，病可立止。

秦代"焚书"时曾专门规定，医药、卜筮、种树之类的书可以不予烧毁，《日书》因属于卜筮书而幸免于难。《日书》曾左右着秦人的生活，也奠定了农业国度的日常迷信基调。《日书》中的信息碎片仍在民间秘密传递。时至今日，在霓虹闪烁的城市夜晚，偶尔也会见到有人在十字路口烧纸，希求亲族中的亡魂安于其位，火光跳跃之中，纸灰在黑夜中腾空而去，隐秘的传统难以熄灭。

人面兽身的妖娆

《山海经》原有图像,古本已经失传。眼下能见到的,是明清两代的绘图。散布在山川河流之间的怪兽,在未知的空间之内各就其位。这些动物看上去像是恶作剧似的拼贴,却有着深邃的视觉魔力,令人沉陷其中,不能自拔。

数量最多的,当属各类动物的组合式拼接。古人将动物分为鸟、兽、鳞、介四类,《山海经》里的怪兽既有同类生物之组合,又有跨类别的组合。比如《山海经·南山经》提到的鲑,"有鳋陆鱼焉,其状如牛,陵居,蛇尾有翼,其羽在鲑下,其音如留牛,其名曰鲑。"这是一种集"鸟、兽、鱼、蛇"于一体的怪兽,乍看难以辨识。它们身体器官的衔接之处,已被绘像者极力续接,欲将各部分之间的差异消弭于无形,然而每每徒劳无功。稍加留意就会发现,在鳞片、翎羽和毛皮之间的过渡之处,总会跳脱出不易察觉的空白地带。

还有一类怪兽,是由器官的增加或缺失而成的,比如九尾狐。《山海经·海外东经》载"其狐四足九尾",这是一种吃人的妖兽，外形与狐狸相似，只是身后拖着九条尾巴。还有"六足四翼，浑敦无面目"的帝江，有着密集的翅和腿。极端的例子还有"一首十身"的何罗鱼，十条鱼共用一个鱼头，密集的鱼身呈放射状散开，为了维系十个身子的稳定，鱼头也显得粗壮。像何罗鱼之类器官发达的动物，究竟是观念或表述上的偏差，还是确有其物？须知古时鱼的概念相当宽泛，全然不似今日的分类之细，各式水族多有归入鱼类者，可见早期博物学的混沌。何罗鱼的造型，疑似章鱼之类的头足纲动物，所谓的十身，或许是章鱼的腕足。

人与动物的组合最为惊艳。这类组合大致分为人首动物身和人身动物首，前者的数目占有压倒性的优势，比如人面蛇、人面兽、人面鱼等，怪奇百出；当人头安置在动物身上，传达出的视觉经验是空前的，这已经超出了日常经验的范畴。人面兽的人面上多数带有诡异的笑，还有的狰狞可怖。烛阴是典型的人面蛇身神的样本，它身长千余里，睁开眼睛即是白昼，闭上眼就是黑夜，它的呼吸就是春夏秋冬四时之气；在许多图本中，它被描绘为长发的女性神形象，蛇身在美人头颈之下蜿蜒盘旋。和烛阴相似，女娲也是人面蛇身，这种形象还带有原始的野性。而当古老的信仰随着时间的推移而失落，人面蛇身神也会堕为蛇妖。鲁迅在《朝花夕拾》中提到的美女蛇，是人首蛇身的怪物，"能唤人名，倘一答应，夜间便要来吃这人的肉的"。

▲ 鲑　清刻本《山海经绘图广注》
▼ 何罗鱼　明刻本《山海经图绘全像》

◀ 人面蛇身神　清刻本《山海经绘图广注》
▶ 天吴　明刻本《山海经图绘全像》

在人面兽身的基础上，器官的多或寡，乃至颠倒错置，带来了神秘的氛围。这显然与自然造物的规律相悖，在观念中，怪兽的形象有了某种范式。《山海经·海内西经》提到的开明兽："开明兽身大类虎而九首，皆人面。"开明兽的图像也遵循着九头、人面、虎身等要素。

人与动物的混杂，呈现出互相变幻的态势，也为后世的妖怪变化为人提供了样本。明清的神魔小说中，怪兽的形状多为兽首人身，比如《西游记》中的猪八戒就是猪首人身。相较于人面兽身，兽首人身显得更接近于人，人的比例占了绝对优势，动物的痕迹逐渐退去——山林草泽间的怪兽步入了市井红尘之中。

水怪无支祁

无支祁是上古奇妖,曾被大禹锁在龟山之下。《国史补》引《山海经》:"水兽好为害,禹锁之,名巫支祁。"《辍耕录》引《山海经》:"水兽好为害,禹锁于军山之下,其名曰巫支祁。"然而,今本的《山海经》并无此类记载,古本《山海经》中或有,后来失传,这使无支祁的身世更加神秘。它似乎在竭力隐藏自己的行迹,将其唯一的败绩从纸页中抹去,别书中出现的引文,也是支离破碎。

《吴越春秋》中出现的淮津水神,似是无支祁的形迹:"水中有神,见马即出,以害其马。"这个水神喜欢吃掉路人所骑的马。《太平广记》中有《李汤》一篇,原为唐人李公佐所作,其中提到了无支祁的踪迹。说的是唐代宗永泰年间,李汤出任楚州刺史,当时有渔人在龟山之下夜钓,鱼钩被重物挂住,动弹不得。渔人善识水性,下潜五十余丈,见有大铁索缠绕山根,看不到尽头。渔人就向刺史李汤禀报了此事。李汤派人打捞,用五十头牛,将铁索牵引出来,忽有波浪翻涌，铁索的末端有一头怪兽，"状有如猿，白首长鬐，雪牙金爪"。这头怪兽正处在昏睡状态中，许久之后，"双目忽开，光彩若电"，看到有人，便发了怒，人群惊走，五十头牛也都被怪兽拽进了水中。

这相当于无支祁故事的"后传"。上古时代的怪兽，一直活到了唐代，俨然是打通神话与当下的一条叙事策略。世上朝代更迭，时间已过去了几千年，无支祁所处的空间，却与人间相隔，直到渔夫偶然发现，才有了两种不同时空的交会。在此之后，渔人虽知道铁索的位置，但"其兽竟不复见"。

无支祁铁像（宋）

该故事借李公佐的朋友杨衡之口讲出来,本应结束了,李又附了一段亲历记。在游历洞庭之时,见到一个古洞,他在洞中得到一部古本的《岳渎经》,内中记载天下山河的渊源,大禹治水遇无支祁的掌故也赫然在列。经李公佐与周焦君辨认,勉强读出了一些文字。原来,无支祁是淮河水神,"形若猿猴,缩鼻高额,青躯白首,金目雪牙。颈伸百尺,力逾九象,搏击腾踔疾奔,轻利倏忽"。大禹治水之时,无支祁兴风作浪,水不能泄。禹派出童律、乌木由,都无法战胜无支祁。直到大神庚辰出战,与无支祁一场激斗,终于稍胜一筹,将无支祁擒获。禹便把无支祁囚禁起来,"颈锁大索,鼻穿金铃,徙淮阴之龟山之足下",淮河才得以畅流入海。

作为小说家言,古书《岳渎经》更像是颇具现代意味的文本方式,龟山变得不那么清净了,这里成了妖怪的囹圄,山河形势似乎都为此而设。明代的宋濂看出了些端倪,他认为,"文虽奇而未醇,窃意即公佐、焦君所造以玩世者"。

英雄战胜水怪,是个古老的神话母题。无支祁的神通不知从何而来,依附无支祁的木魅水灵、山妖石怪不计其数,隐然是为祸一方的妖王。该母题的魅力经久不息,出现诸多变体。无支祁也成为《西游记》中孙悟空的原型之一,二者都是猴形,无支祁被锁在龟山,孙悟空被镇在五行山,庚辰与无支祁的一战,也极像二郎神与孙悟空的打斗。

无支祁的字面意思颇难索解,有时又称巫支祁、无支

水母　（清）《升平署脸谱》

奇、巫枝祇，发音相近。《山海经》中类似的例子并不鲜见，比如西海之神"不延胡余"，风神"因因乎"，或是外来神，或是地方神，外来语汇和方言的发音，记在纸面上难解其意。有研究认为，无支祁的发音与古苗语中的"母蛙"相近，其神变奋迅的矫健身手，或是得自蛙的状貌。

无支祁有时又以女性的形象出场，有龟山水母、泗州圣母等异名。宋人话本《陈巡检梅岭失妻》中，白猿精自称是"齐天大圣"，并说他的小妹"便是泗州圣母"。元末杨景贤的杂剧《唐三藏西天取经》中，孙行者有一段自报家门："大姊骊山老母，二妹巫枝祇圣母。"陶宗仪《南村辍耕录》载："泗州塔下，相传泗州大圣锁水母处。"水母也是无支祁的另一变体。民间传说，水母娘娘挑着两桶水，走在泗州道上，桶内装的是五湖四海之水，一旦倾泻出来，东南半壁将成为汪洋泽国。当时有神僧僧伽，人称泗州大圣，正驻锡于此。他来向水母讨水喝，一张嘴便吸干了一桶水，水母大惊，与之激战，终不能敌，被僧伽锁在泗州塔。无支祁以女性形象出现，僧与妖大战后，妖被镇在塔下，这种故事模型，后来又演变出白蛇与法海斗法的"水漫金山"故事，可见变化之繁，枝丫日渐葳蕤。

到了清代，汤用中在其《翼駉稗编》中提到，嘉庆年间有人扶乩时，有淮河水神名曰暴光，降临乩坛。他自称是无支祁的看管人，并预言无支祁的赦免之日是三万年之后；又说无支祁这几千年来一直在"服气潜修",或许可以提前一万年出头。

猴形水怪的记忆难以磨灭,日本民间故事中的河童也是猴形水怪,中国民间亦有"水猴子"的故事在流传,无支祁的变体可谓多矣。无支祁是难以消灭的,他呈现出的诸多变相,或许只是我们对他的误解,他仍在岁月的河流中沉凝不动。

古代飞碟简史

一

"天有妖孽,十日并出",这是《竹书纪年》对奇异天象的记载。天上同时出现了十个太阳,这些发光体看上去和太阳一样明亮,与太阳一起占据了天空。类似的情况历代皆有出现,明代熹宗天启元年(1621)二月廿二日,今辽宁省辽阳地区也出现了多个"太阳","数日并出,又日交晕,左右有珥,白虹弥天"。"左右有珥",说的是这个圆盘状发光体突出的部分。《续通鉴》则描述了"珥"的发生现场:"宋徽宗宣和七年(1125)十二月庚申,日有五色晕,挟赤黄珥,又有重日相汤摩,久之乃隐。"

数日并出,当时的人无法解释,所以将其当成"妖孽"。出现这种现象,他们认为是主政者失德所致,需下"罪己诏",修文德以自警。这些"日"的主要特点:发光、有光环。除此之外,史书中还记载有各种夜间的不明发光体,并伴随着奇异的震荡轨迹。其中不少是流星和彗星，也有一些疑为不明飞行物。

二

"数日并出"现象尚可存疑，那么，"第三类接触"无疑更加震撼。所谓第三类接触，就是人类与外星人进行的直接接触，看清了飞碟的外观，就是直接的目击行为。

类似的蛛丝马迹曾在《山海经》里频频出现。《山海经·西山经》曾对西王母作过描述："西王母其状如人，豹尾虎齿而善啸，蓬发戴胜，是司天之厉及五残。"乍一看，西王母简直是一个半人半兽的异形之物，俨然外星生命的体貌特征。《山海经·中荒经》又有一段记载："昆仑之山，有铜柱焉，其高入天，所谓天柱也……上有大鸟，名曰希有，南向，张左翼覆东王公，右翼覆西王母。背上小处无羽，一万九千里。"铜柱似乎像一种火箭发射设备，"大鸟"类似飞船，西王母和东王公则是宇航员，"一万九千里"言其所行游之远。《山海经·海外西经》亦载："奇肱之国在其北。其人一臂三目，有阴有阳，乘文马。"晋代学者郭璞注曰："其人善为机巧，以取百禽。能作飞车，从风远行。汤时得之于豫州界中，即坏之，不以示人。后十年，西风至，复作遣之。"故事发生在"汤时"，即商代初期，三眼独臂的奇肱国

奇肱国飞车 （清）彩绘本《镜花缘》

人可以驾驶飞车，无意中落到中原地带，商汤毁坏了他们的车，直到十年后，他们才借着风力飞走了。

晋人王嘉《拾遗记》中也有疑似外星人的宛渠之民："乘螺舟而至，舟形似螺，沉行海底，而水不浸入，一名沧波舟。其国人长十丈，编鸟兽之毛以蔽形。始皇与之语及天地初开之时，了如亲睹。"或许可以这样解释：一群具有高度文明的外星人很早就来到地球并安下基地，这些人还见到了秦始皇，并讲到了宇宙大爆炸之初的事。他们从海上来，用"形似螺"的"沧波舟"作交通工具，这种工具能在水里潜行，也能飞在空中，日行万里。《拾遗记》另载："尧登位三十年，有巨槎浮于西海。槎上有光，夜明昼灭。海人望其光，乍大乍小，若星月之出入矣。槎常浮绕四海，十二年一周天，周而复始，名曰贯月槎，亦谓挂星槎，羽人栖息其上。"若将"贯月槎"视为太空船，栖息于其上的仙人即身穿太空服的宇航员。

《北齐书》载："有物陨于殿庭，如赤漆鼓带小铃。殿上石自起，两两相对。又有神见于后园万寿堂前山穴中，其体壮大，不辨其面，两齿绝白，长出于唇。帝直宿嫔御已下七百人咸见焉。"有物体坠落在殿中庭院，如同带小铃的红色漆鼓。殿上的石块自行起立，两两相对。又有神出现在后园万寿堂前山的洞穴中。神体型壮大，看不清面目，两颗牙特别白，从嘴唇伸出来。再比如《宋史·五行志》的记载：

"乾道六年,西安县官塘有物,鸡首人身,高丈余,昼见于野。"大意是,西安官塘出现了一个鸡首人身的怪物,高约丈余,在田野上行走。

三

飞碟的目击者当中,也有一些闻名遐迩的人物。宋神宗熙宁四年(1071),苏东坡去赴任杭州通判。他经过镇江,畅游金山寺,晚上在江边吟诗,看到了夜空中有火球出没。苏轼把这一情景写成《游金山寺》一诗:"是时江月初生魄,二更月落天深黑。江心似有炬火明,飞焰照山栖鸟惊。怅然归卧心莫识,非鬼非人竟何物。"飞行物像火炬般明亮,惊起了山中栖息的鸟群,这种奇观,疑似外星来客。

沈括在《梦溪笔谈》中也提到,北宋嘉祐年间,"扬州有一珠甚大,天晦多见。初出于天长县陂泽中,后转入甓社湖,又后乃在新开湖中。凡十余年,居民行人常常见之"。他的友人是目击者:"书斋在湖上,一夜忽见其珠甚近,初微开其房,光自吻中出,如横一金线。俄顷忽张壳,其大如半席。壳中白光如银,珠大如拳,烂然不可正视,十余里间林木皆有影,如初日所照,远处但见天赤如野火。倏然远去,其行如飞,浮于波中,杳杳如日。"这个飞来飞去的大珠,形状犹如蚌,还会放出强光,来去迅捷,并且在当地逗留时

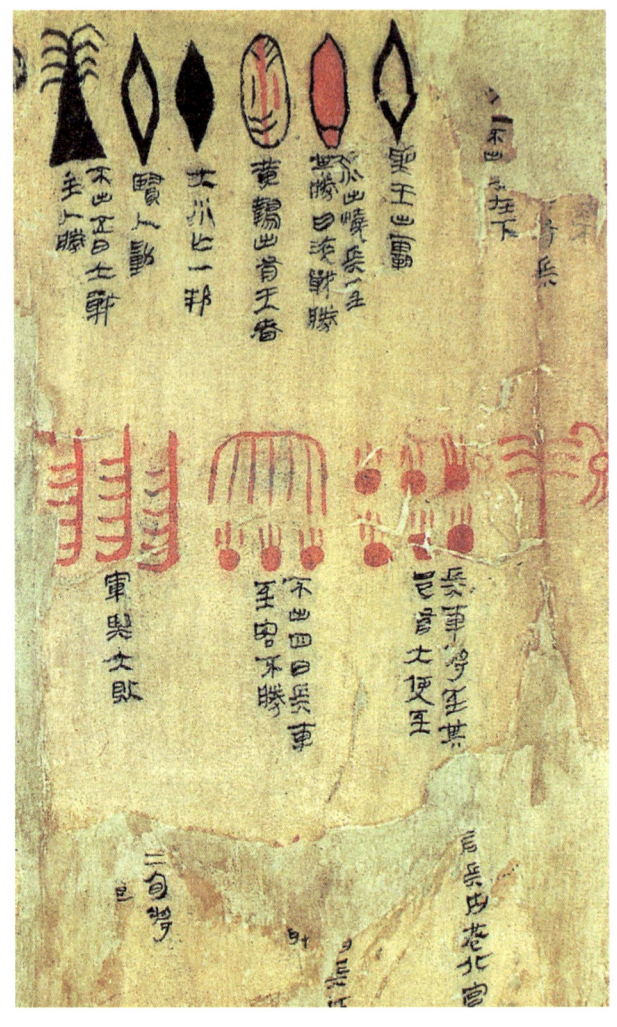

天文气象杂占图　长沙马王堆汉墓出土

间长达十几年,先后停留在三个湖泊中,许多当地居民都见过它。

明代的刘伯温也在月圆之夜看见过不明飞行物,并写了一首《月蚀诗》以记之:"招摇指坤月望日,大月如盘海中出。不知妖怪从何来,惝恍初惊天眼睒。儿童走报开户看,城角咿呜声未卒。"可见,这是一个从海中飞出来的状如盘的"大月",圆形的发光物体。

明代小说家冯梦龙在《块雪堂漫记》中写道:"仇益泰云:己酉二月中旬,从兄读书其邑天宁秀碧峰房,粥后倚北窗了夜课。忽闻寺僧聚喧,急出南轩,见四壁照耀流动,众曰:天开眼。仰见东南隅一窍,首尾狭而阔,如万斛舟,亦如人目,内光明闪闪不定,似有物,而目眩不能辨。暗淡无色,须臾乃灭。"冯梦龙转述了其友人仇益泰的经历,他看到了不明飞行物,"首尾狭而阔",形状类似于人的眼睛,所以百姓称之为"天开眼"。

清末画家吴友如有一幅《赤焰腾空图》,画的是南京朱雀桥上行人如云,众人都抬起头,仰望天空,争相观看一团团熠熠火焰的情景。画家在画面上方题记道:

> 九月二十八日,晚间八点钟时,金陵城南,偶忽见火球一团,自西向东,形如巨卵,色红而无光,飘荡半空,其行甚缓。维时浮云蔽空,天色昏暗。举头仰视,

甚觉分明，立朱雀桥上，翘首跂足者不下数百人。约一炊许，渐远渐减。有谓流星过境者，然星之驰也，瞬息即杳。此球自近而远，自有而无，甚属濡滞，则非星驰可知。有谓儿童放天灯者，是夜风暴向北吹，此球转向东去，则非天灯又可知。众口纷纷，穷于推测。有一叟云，是物初起时微觉有声，非静听不觉也，系由南门外腾越而来者。嘻，异矣！

吴友如这则题记，是一则详细而又生动的目击现场记录：火球过南京城的时间、地点、目击人数、火球大小、颜色、发光强度、飞行速度以及各种猜测，皆有明确记述。吴友如不乏"新闻采访"的素质，此时他不忘采访知情人"老叟"，老叟说，他听到了火球发出了微微的响声。

这些目击者记下的文字与图像，多被视为奇异天象。它们到底是天象还是天外来客，无有定论。或许，在历史的褶皱里，外星生命早已频频光顾，闪烁不定的飞行物，成为古人日常生活中的一部分。

四目神的眼睛

四目神是龙王庙壁画中常见的神，尤以明清两代的龙王庙最为常见。近年来在偏远地区的寺庙遗迹中多有发现，以涿鹿塔尔寺村龙王庙和延庆董家沟村龙王庙较为典型。再往前追溯，山西的元代永乐宫壁画中也有四目神出现。

壁画中的四目神形象多是身着长衫，头戴儒巾，俨然古时的儒士。他手持曲尺，在龙王行雨的壁画中，四目神双手向上平举曲尺；而在行雨之后打道回府的场景中，四目神则是怀抱着曲尺。四目神的主要职责是丈量布雨的范围和深度，从技术层面对龙王降雨工作进行监督，测量降雨量和降雨范围。

最奇特的是，四目神有四只眼睛，盯着他的眼睛看，就会有眩晕的感觉，令人不敢久视。究其原因，是因为人脑对面部识别有一种视觉定式，四只眼睛的面部造型，使观者的视觉无法聚焦，造成面部识别的视觉误差，大脑在识别时发生障碍而短路，故而出现眩晕。在民间的迷信观念中，则认为壁画上的四目神之所以给人带来眩晕，是因为壁画中藏有特殊的灵性，带有致幻的魔力。这是一种古老的"视觉巫术"，使人们平添敬畏之心。

四目神的形象由来已久，一般认为这是仓颉。《淮南子》中就有"仓颉四目"的记载。仓颉是黄帝时代的贤者，一说是黄帝的史官，他机智过人，过目不忘，仰观天文，俯察地理，观察龟背纹理、鸟兽昆虫爪痕、山川形貌和手掌指纹，这些自然界的物象都成为其灵感的源泉，经过系统归纳，他终于以惊人的智慧，创造出了象形文字，一举革除了"结绳记事"之陋，与黄帝等人一道，皆成为传说中的"文化英雄"。

《淮南子》载："昔者仓颉作书，而天雨粟，鬼夜哭。"乾隆版《白水县志》更是将仓颉神化，使其愈发神奇："仓颉，阳武村人，龙颜四目，生有睿德。黄帝命为左史。观奎星圜曲之势，察鸟兽蹄迒之迹，依类象形，始创文字。天雨粟，鬼夜哭，龙亦潜藏。终葬今史官村北黄龙山下。书二卷，后汉司杜林注。隋乱不传。"

仓颉造字之后，文明的曙光降临，蒙昧远去，无疑是惊天动地的变化。文字的出现，本应是集体创造之功，却归之于仓颉一人身上，这使他在某种意义上成为一个象征符号，他已经不是个体的人，而是附加了太多神圣光环的理想人物。

不过，人们还是宁愿相信有这样一位古圣先贤的存在，他以一己之力播撒文明曙光，英雄的传奇到处流布。从汉代开始，仓颉逐渐被神化，或因其多见多识，明察于秋毫之末，兼之古人对古圣先贤的崇拜，进而使仓颉出现了"四目"的造型。比如《论衡》所载："仓颉四目，为黄帝史。"根据典籍的"四目"描述，后世的仓颉画像也多沿用"四目"的形象，历代的人物绘本，比如《历代古人像赞》《三才图会》《历代帝王圣贤名臣大儒遗像》等，仓颉都是四只眼的形象，以彰显其多知多闻。这些画像虽然形态各异，但有一

◀ 四目神　延庆董家沟村龙王庙壁画
▶ 四目神　山西芮城永乐宫壁画

点是完全相同的——仓颉的四只眼睛不可久看，不然就会有阵阵目眩。平静的纸面上忽然有了一阵旋涡，稍不留神，就会陷入其中，不能自拔。

因仓颉有四只眼，眼力异于常人，什么都逃不过他的眼睛，所以在民间又以仓颉作为龙王庙的陪祀之神，希望仓颉以四目之明察，监督龙王的行雨工作，勿使雨多而涝，勿使雨少而旱。农耕时代的降雨，是农人心目中的大事。又因仓颉造字时曾感动上天，致使"天雨粟"，这一天，天上落下了粮食，即二十四节气中"谷雨"的来源。龙王庙是农人求雨之所，仓颉既能明察，又能使"天雨粟"，因而成为龙王的陪祀神，更加相得益彰。

从造字的文化英雄，到龙王身边的"雨量测量员"，仓颉的变化不可谓不巨，这种现象，可看作是上古神话人物在民间风俗中的神格转变。因时殊事异，上古神话日渐式微，原本被神化的古圣先贤发生了"降格"，成为民众喜闻乐见的俗神。民间造神的逻辑，自有其实用的一面。

山魈考

　　古人认为山魈是木石之怪,藏在山间作祟,恐吓路人,使人害上热病。山魈通常只有一只脚,跳跃前行,形状则像人,浑身生满毛发。山魈的行迹隐匿于山石及莽林之间,偶尔现身之时,便作怪相,用一只脚蹦跳着前行,双臂摇晃着维持平衡。它的出现,足以使往来的行客踌躇不敢前行。

　　山魈的身世复杂而又古老,其原型可以追溯到《山海经》里的枭阳。《山海经·海内南经》载:"枭阳国在北朐之西,其为人,人面长唇,黑身有毛,反踵,见人则笑。"这里提到的枭阳样子像人,嘴唇长可遮过额头,浑身黑毛,脚掌朝后,披头散发,手执竹筒。这类妖怪喜欢抓人,抓到人后便仰天长笑,大笑之时,长唇翻转,盖住了额头,直到笑够了,才开始吃人。可见,枭阳是伤人性命的山中精怪。枭与魈同音,或是其流传中的化身。

　　山魈的化身众多。三国时代孙吴的学者韦昭的《国语注》:"夔,一足,越人谓之山缫。或言独足魍魉,山精,

山魈　溥心畬 作

好学人声而迷惑人也。富阳有之，人面猴身，能言。"山缲即山魈。在这里，山魈又与独脚夔兽互渗，世传夔是独脚怪兽，有牛形、龙形和猴形三种，其中猴形者便是山魈。神话学家袁珂认为，猴形的山魈后来成为孙悟空的原型之一，可见神话故事增殖的一条秘密途径，神通在山魈身上无限叠加，终致溢出，派生出新的物种。乾隆本《黔阳县志》则认为楚人奉祀的三霄娘娘之类俗神，即是山魈的音转。山魈的身份因帝国时空的广袤而愈发混沌，这也可看作是山魈的神通——它在极力隐藏自己的身份，若想一窥其行踪，便立刻陷入重重迷雾。

　　祖冲之《述异记》里记到了一个较为完整的山魈故事。说的是富阳有一王姓渔夫在河里预先设置了蟹笼来捕蟹，第二天早上去收蟹笼，发现蟹笼总是被一根二尺多长的木头撞开栅栏，蟹都从豁口处跑光了。这种怪事一连出现三次，渔夫认为这根木头是妖怪，就把木头装进蟹笼里，要拿回家烧掉。原来这块木头正是山魈所变。出奇的是，以山魈的神通，居然被困在蟹笼里，难以冲破竹篾编织的笼子，蟹笼在这里被赋予了某种镇压邪祟的神异属性。山魈在蟹笼中现出原形，向渔夫求饶，并自陈"我性嗜蟹"，希求渔夫宽宥，而渔夫不为所动，问渔夫的名字，渔夫置之不理。据说山魈知道人的名字之后，会通过唤取姓名致人昏迷，这个机智的渔夫选择了默不作声。回到家之后，山魈就被渔夫填在灶里烧死了，人在故事里战胜了山魈，将山魈烧成了灰烬。

蒲松龄在《聊斋志异》也写到了某书生遭遇山魈的故事。书生在山寺中读书，夜间忽有不速之客造访，是个庞然大物，"面似老瓜皮色，目光睒闪，绕室四顾，张巨口如盆，齿疏疏长三寸许，舌动喉鸣，呵喇之声，响连四壁"，书生用刀刺怪物的腹部，却不能刺入，怪物伸出利爪，只抓住书生的棉被，随后就不知去向，这只怪物就是山魈。惊魂初定，书生开启窗格，但见松涛翻滚，山如铁脊，只有月光朗照，山林之间白茫茫一片，而山魈早已不见踪影。

山魈自山林间出现，又消失在山林中。古时林木茂密，山林被动物占据，博物之君子，也难一一指认动物的身份。妖怪的起源，多是人类对未知动物的偏见，所谓"北方多狐媚，南方多山魈"，妖祟的地域分野，也与自然环境密切相关。北方干燥，多土丘，则狐多；南方湿润，丛林葳蕤，则有山魈出没。用今天的眼光来看，山魈即是猿猴之类，甚至有一种原产非洲的猴子也被命名为山魈。它们是最为凶悍的灵长类，能和狮子搏斗，而它们红蓝相间的花脸形同鬼魅，又能发出像人一样的笑声，与中国古代传说中的山魈极为相近。

中国古代典籍中的狌狌、狒狒等动物，也是山魈的亚种。《礼记》曰："狌狌能言，不离走兽。"狌狌也即猩猩，《尔雅》载："狒狒如人，被发迅走，食人。"这些灵长类动物与

木客　溥心畬 作

人形相近，在野外猝然与之相遇之时，带来的恐慌是极为强烈的。它们来自未知的世界，而且面目可憎，在秘传的故事中，它们还有吃人的恶行，这些都为山魈故事增添了砖瓦。

博物学的缺失之处，正是妖怪登场之时。纪晓岚在《阅微草堂笔记》中似乎隐隐触碰到了山魈的博物学边界，他认为山魈"非鬼非魅，乃自一种类，介乎人物之间者也"，只不过囿于见知，他也未能完全区分物种之间的差异。

山魈在民间还有代际传递、口耳相传的故事，这正是古代神话的孑遗。这些口头讲述形成了集体记忆，甚至左右着民族文化心理。时至今日，还可以听到山魈的故事模型，比如湖北神农架的野人传说，有众多目击者声称亲眼见到野人的形迹。云南则有"独脚五郎"的传说，即是独脚山魈的后身。喜马拉雅山麓的大脚雪人传说，也是其流风所致。这些新式的山魈样本仿佛从古代走来，它们藏匿在深山老林、不为人知的折叠空间。

古代妖怪的神性淡去，这些新式的山魈，人们更愿把它们看作是未知的物种。山魈一族的源流未断，只不过它们的神通不再，地盘也越来越小，仅存的几处山林还有其踪迹，藏身之处极为隐秘，无从寻找。放眼红尘之内，到处都被它们的灵长类近亲所占据。

含沙射影的蜮

蜮是一种古老的水怪,生长在南方的山溪中,口中能射出毒沙,只要射到人的影子,此人轻则生疮,重则丧命。古时山深林密,登山涉水之际,多有毒虫猛兽害人性命,蜮便是令人生畏的水怪,承担了人们对未知水域的恐惧。而在现实世界,却难觅蜮的踪迹。

按张华《博物志》载:"江南山溪中,水射工虫,甲类也,长一二寸,口中有弩形,以气射人影,随所著处发疮,不治则杀人。"干宝《搜神记》亦载:"其名曰蜮,一曰短狐,能含沙射人,所中者则身体筋急,头痛发热,剧者至死。"葛洪《抱朴子》认为蜮是形状像蝉的飞虫:"吴楚之野有短狐,一名蜮,一名射工,一名射影,其实水虫也。状如鸣蜩,状似三合杯,有翼能飞,无目而利耳;口中有横物角弩,如闻人声,缘口中物如角弩,以气为矢,则因水而射人,中人身者即发疮,中影者亦病。"从这些记载中可以看到,蜮的形貌不一,但用毒沙射人的特征几乎是一致的。

蜮　清雍正内府版《古今图书集成》

清刊本《钦定补绘离骚图》，中间的三足鳖即是蜮

《竹书纪年》提到了蜮的来历:"周惠王二年(前675),王子颓乱,王出居郑。郑人入王府多取玉,玉化为蜮射人。"按此说法,蜮是玉石所化。《洪范五行志》则认为蜮"生于南越,南越妇人多淫,故其地多蜮,淫女祸乱之气所生也"。因是淫邪之气所化,蜮有剧毒伤人,这里暗含了一种道德评判。

南方瘴疠之地,像蜮这样的害人虫真不在少数。《诗经·小雅·何人斯》云:"为鬼为蜮,则不可得。"所谓鬼蜮世界,即凶险之地。《楚辞·大招》中也有"魂乎无南,蜮伤躬只"的句子。古老的南方,充斥着毒蛇猛兽,还有暗箭伤人的蜮,防不胜防。后来有"含沙射影"的成语,指的是暗中攻击或陷害人,也是由蜮这种怪物得来的比喻。

如此阴毒的水怪,却有人以此为食。《山海经·大荒南经》中有蜮民国:"有蜮山者,有蜮民之国,桑姓,食黍,射蜮是食。"这是一个神奇的国度,国人姓桑,还射杀蜮作食物。在传世的《山海经》图本中,蜮民的形貌是弯弓射箭的猎手,蜮成为他们口中的美食,他们所射之蜮,也出现了兽形和鳖形两种不同版本。

蜮民国对付蜮是用箭射,除此之外,还有很多方法可以克制蜮。《周礼》中有一个官职叫"壶涿氏",其主要工作就是"掌除水虫,以炮土之鼓驱之,以焚石投之"。壶涿氏所除的水虫就是蜮。有两种方法,一种方法是敲打瓦制的鼓来驱逐蜮,另一种方法是用烧烫的石头投掷,可把蜮烫死。葛洪在《抱朴子》中还开出了一个旅行必备的药方：用等量的雄黄和大蒜在一起捣碎，外出时带鸡蛋大小的一丸，被蜮射中生疮之际，就用该药涂抹疮口，即可痊愈。此外葛洪还提供了一个方法，蜮在冬天蛰伏，可在大雪天寻找："此虫所在，其雪不积留，气起如灼蒸"，掘地挖出来，阴干后研成粉末随身携带，夏天出行就不会被蜮伤害。李时珍《本草纲目》开出的药方是："以小蒜煮汤浴之。"《埤雅》则认为蜮最怕鹅——"鹅能食之，《禽经》所谓鹅飞则蜮沉"，因此可以放鹅把蜮吃掉。《毛诗陆疏广要》中说南方人在渡河之前，"先以瓦石投水中，令水浊，然后入"，这样一来，自己的影子就会涣散不清，蜮就无从下口了。

这些方法看上去无懈可击，面对看不见的威胁，古老的智慧总会想出对策，并将其发展为一种令人信服的学说。针对想象中的动物，人们使出了浑身解数，蜮的形象反而得以深入人心。

与蜮相似的，还有几种怪物，《埤雅》中记载一种怪虫蛶螋，"遗溺中影，则疾人"，即撒尿在人影处，人身相应的部位就会生疮。《南中志》中又有鬼弹，"恶物作声，不见其形，中人则青烂"，无形无质，更是近乎鬼魅般的存在。

古人认为气类相感，人的影子亦是人体的一部分，甚至是魂魄凝聚在其中，才有含沙射影致病之说。蜮的存在令人困惑，就连李时珍在谈到蜮时也说"万物相感，莫知其由"，说不出个究竟。蜮这种怪物，始终停留在传说中。

比肩兽的尴尬

比肩兽见于古籍中,是一种颇为奇异的叠加式组合。比如《尔雅》中提到的比肩兽:"西方有比肩兽焉,与邛邛岠虚比,为邛邛岠虚啮甘草,即有难,邛邛岠虚负而走,其名谓之蹶。"在这里可以看到,比肩兽是蹶和邛邛岠虚的合体,蹶的脚长短不一,这使它举步维艰。但它却心思机敏,善于觅食,经常给一种叫"邛邛岠虚"的动物采甘草吃;当然这也不是白帮忙,等到蹶有难时,善于奔跑的邛邛岠虚便把蹶背在背上,共同逃跑。

这是一种相互合作的共生关系,一荣俱荣,一损俱损。觅食和躲避天敌,确是动物界的两大根本问题,比肩兽的合作,足以取长补短。从《尔雅》的记载来看,比肩兽即是蹶,蹶即是比肩兽。袁珂先生则认为蹶与蛩蛩岠虚二兽合称比肩兽。也有人认为比肩兽的形貌极似袋鼠,因《吕氏春秋》有载:"北方有兽,名曰蹶,鼠前而兔后,趋则跲,走则颠,常为蛩蛩岠虚取甘草以与之。蹶有患害也,蛩蛩岠虚必

比肩兽　清嘉庆刊本《尔雅音图》

负而走，此以其所能托其所不能。"所谓"鼠前而兔后"，即头部像鼠，后腿像兔，这与袋鼠的外形相去不远。袋鼠在育儿袋中的幼兽，也与母体形成了奇异的双头组合；而袋鼠远在大洋洲，在中土是见不到的，这种说法似乎又难成立。

如果说疑似袋鼠只是一种巧合，那么，比肩兽的存在，更像是古人的拼接术——通过叠加变形，得出了一种不存在的动物，使之成为观念中的动物。在古代的道德家看来，比肩兽的出现与君王的品行相关。《宋书》所谓"比肩兽，王者德及矜寡则至"，比肩兽成为君主道德的晴雨表，它的出现，隐隐昭示着"兼听则明"的贤明，这使得比肩兽身价倍增。虽然面目模糊，没有人能描绘其形貌，《尔雅》及《三才图会》中的比肩兽大相径庭，前者似羊，后者似鼠，看来，每个人心目中都有自己想象的比肩兽，它的形貌，似乎只取决于画师的喜好。

形貌暧昧不清的比肩兽作为一种古老的吉祥物，未能广泛流布，只是躲在古籍的角落里，或许与其面目模糊有关。不过，比肩兽的家族里又有一些面目相对清晰的旁支，它们的存在，使比肩兽的瑞兽身份显得尴尬，是其挥之不去的阴影。

与比肩兽相近的有怪兽跋踢。《山海经·大荒南经》载："南海之外，赤水之西，流沙之东，有兽，左右有首，名曰跋踢。"跋踢算是比较古老的一种比肩兽了，作为四足动物，它有两个头，生在身子的两侧，左右各一，但却行动不便，左边的脑袋想往左，右边的脑袋想往右，僵持不下。由跂踢生出的词汇有怵惕，意为惊恐焦躁，李白《古风》中有这样的句子："鼻息干虹霓，行人皆怵惕。"说的即是怵惕的惶恐，可见跂踢不算是什么好兽，它更像一个古老的寓言，

跂踢　清刻本《增补绘像山海经广注》

在踟蹰不前的扭曲挣扎中，迷失了自身存在的意义。两个脑袋相悖离，颇含有些讽喻的意味。

在比肩兽家族中，最为有名的当是狼狈。狼和狈的组合全然抢了比肩兽的风头，在民间颇有声望，这得益于口头传说的加持。狼狈的早期样本，见于唐人段成式的《酉阳杂俎》："狈前足绝短，每行常驾于狼腿上，狈失狼则不能动，故世言事乖者称狼狈。"明代博物学家李时珍在《本草纲目》里引《食物本草》："狈足前短，能知食所在。狼足后短，负之而行，故曰狼狈。"狼本是凶兽，有了狈的出谋划策，则恶行更甚，故有"狼狈为奸"之说。狼和狈这一组比肩兽，身上已无祥瑞之气，浓眉大眼的比肩兽形象土崩瓦解。

比肩兽的堕落，皆因生了两个脑袋，行动难以协调。由跋踢、狼狈等兽名演化而来的词汇，所表达的状态皆是尴尬及混沌不清，两个脑袋各怀心事，对身体发出的指令也是互相抵牾，从一开始，它的尴尬就在所难免了。这自相矛盾的兽，原本可以互相扶持，最终却事与愿违。

猿猴盗妇

猿猴盗妇是古代志怪中流传甚广的一种故事模型,始见于西汉焦延寿的《焦氏易林》:"南山大玃,盗我媚妾,怯不敢逐,退然独宿。"玃即猿猴,生长在山高林密之处,《山海经·南山经》:"堂庭之山,多白猿。"葛洪《抱朴子》则认为:"猴寿八百岁变为猿,寿五百岁变为玃。"玃似乎是猿猴的高级形态。这只玃夺了人的美妾,而夫家畏惧,不敢去追,只能孤单一个人。这四句虽短,却已是一个相对完整的故事了。

西晋的张华在《博物志》中又有了新的演绎:"蜀山南高山上,有物如猕猴。长七尺,能人行,健走,名曰猴玃,一名马化,或曰猳玃。伺行道妇女有好者,辄盗之以去。"这些猕猴盗走了女子,即霸占为妻。这些女子"十年之后,形皆类之,意亦迷惑,不复思归",生的孩子都像人,送回女家去抚养。更为出奇的是,"有不养者,其母辄死,故惧怕之,无敢不养"。这些人长大后都姓杨,据说蜀中杨姓多是猴玃的

058 | 故国之妖

孙悟空　（清）四川绵竹年画

子孙，经常会显露出尖锐的爪，成为一个聚居的族群。

到了唐代，有一篇传奇小说，题为《补江总白猿传》，说的是南朝梁将欧阳纥远征到了岭南，还带着美丽的妻子。当地人对他说："将军何为挈丽人经此？地有神，善窃少女，而美者尤所难免，宜谨护之。"欧阳纥听了，甚是惊惧，夜里严加防护，将妻子藏在屋中。即便如此，妻子还是不知所踪。看来妖怪所使用的，应该是"隔空取物"之类的法术，将欧阳纥的妻子盗走了。欧阳纥开始了漫长的寻找，原来这山中藏着一只修行千年的白猿，在洞府中有掠夺来的三十个美女，其中就有欧阳纥的妻子。后来，趁着白猿外出，欧阳纥摸到洞府，见到妻子，得知白猿的弱点："遍体皆如铁，唯脐下数寸，常护蔽之。"在白猿酒醉时，欧阳纥将白猿刺杀。这时，欧阳纥的妻子已经身怀有孕，后来生了一个儿子，博学多才，闻名一时，只不过长得像猿猴。据说这是当时人为了污蔑书法家欧阳询而作，欧阳询长相丑陋，有猴相，所谓"唐时风气，往往心所不慊，辄托文字以相诟"。《白猿传》本是欧阳询的政敌诽谤之作，却成就了一篇曲折离奇的故事。

南宋周去非《岭外代答》中写到了桂林的猴妖，可以看作是《白猿传》的后续："静江府叠彩岩下，昔日有猴，寿数千年，有神力变化，不可得制，多窃美妇人，欧阳都护之妻亦与焉。欧阳设方略杀之，取妻以归，余夫人悉为尼。猴骨

猴官　（清）武强年画

葬洞中,犹能为妖,向城北民居,每人至必飞石,惟欧阳姓人来则寂然。"猴妖死后,骨头还能作怪,见了姓欧阳的人就寂然无声,猴精虽死,却进入了另一种形态,介于虚态和实态之间,妖性似乎也更大了。

后来,猿猴盗妇的故事又生出了新的枝节。宋话本《清平山堂话本》中有一篇《陈巡检梅岭失妻》,故事发生在宋徽宗时,有一人名叫陈辛,金榜得中,去广东做巡检,行到梅岭之时,陈辛的妻子被猴精掠去,后经紫阳真人的解救,夫妻才得以团圆。值得注意的是猴精的高超法力："神通广大，变化多端，能降各洞山魈，管领诸山猛兽，兴妖作法，摄偷可意佳人，啸月吟风，醉饮非凡美酒，与天地齐休，日月同长。"这法力着实高强。另外，它还有个名号，叫作"齐天大圣"，而《西游记》中孙悟空的名号也叫"齐天大圣"，占据山林洞府的猿猴精，已然粗具孙悟空的形貌。《西游记》故事的来源驳杂，吸收了这类猿猴精的故事元素，熔为一炉。

这类故事还有很多，比如明代冯梦龙《喻世明言》中的《陈从善梅岭失浑家》，凌濛初《初刻拍案惊奇》中的《会骸山大士诸邪》等，内容大同小异。这些故事里或许有一些猿猴攻击人，以及抢夺财货的真实影子，而"盗妇"似乎更加引人入胜。在野史中，猿猴实现了法力的不断升级，甚至可以变化成人形，直到《西游记》，猴精才改掉了"贪淫好色"的毛病，经过作者的净化，猴精最终成为一个令人喜爱的英雄形象。

人鱼之恋

一

公元四二三年的春天,永嘉太守谢灵运出游。他沿着沐鹤溪信步而行,两岸山水奇秀,草长莺飞,真令人目不暇接。溪边忽有两名女子在浣纱,走近细看,这两个女子生得容貌娟秀,俨然是越女西施的重现。谢灵运是当时最优秀的诗人,此情此景,他禁不住吟诗一首:

> 我是谢康乐,一箭射双鹤。
> 试问浣纱娘,箭从何处落?

诗中似有挑逗之意,两个女子听了,不予理睬。谢灵运见状,立刻又作一首:

> 浣纱谁氏女?香汗湿新服。

对人默无言，何事甘良苦？

这首诗的挑逗意味更加明显，但听得二女吟道：

我是潭中鲫，暂出溪头食。
食罢自还潭，云踪何处觅？

人鱼 （清）彩绘本《海错图》

话音刚落,两位女子就消失不见,但见青山隐隐,烟水茫茫,佳人的踪迹无从寻觅,谢灵运只得怅然而归。

细看这则出自《太平广记》的故事,是两个鲫鱼精撩拨起了谢公的情欲。在古代志怪中,多有鱼类化为人,与红尘中人相爱的故事模型。谢灵运遇到的鲫鱼精还算是善类,转瞬即逝,其出场仿佛只为了道破自身的秘密;而谢公的轻佻,也使她们见识到了世间的污浊,遂转身离去。

鱼变化为人,是"物老则怪"的道家观念,动物的年龄如果异乎寻常,多则上千年,少则三五百年,就能化作人形。它们来到人世间,不得不小心翼翼,所谓"非我族类,其心必异",身份一旦说破,就岌岌可危。

同是《太平广记》中,还有鱼变为男性,努力融入人类社会的故事。三国东吴的余姚县有个百姓叫王素,家中有个十四岁的女儿,貌美无双,王素甚是爱惜,舍不得把女儿嫁出去。忽然有一天,来了一个求婚的少年郎,"姿貌玉洁,年二十余",这个年轻人自称叫江郎,愿娶王素的女儿。王素夫妻见这个少年生得貌美,便把女儿许配给了他。转过年来,江郎妻怀孕,到了年底,产下一个绢囊式的异物,用刀剖开,里面满满的都是白鱼子。王素夫妻怀疑江郎不是人类,趁夜间江郎就寝以后,把他的衣服藏起来,细看这些衣服,都隐隐有鳞片的纹路,细看又有光华闪烁。

第二天早上,江郎起床找不到衣服,大声咒骂。家人赶来观看，见床下有一条六七尺的白鱼正在挣扎，王素急忙上前将鱼砍断，扔到了江中，王素的女儿后来也改嫁了。看来，跨物种的通婚是不被祝福的，鱼精遭到厌弃，融入人类社会失败，而且还丢掉了性命，虽然有神通变化，却也算计不过人类。

二

这些人鱼相恋的故事似乎过于古老，情节也相对简单，它们有着更为古老的原型。《山海经》里有"人面，手足，鱼身，在海中"的陵鱼，此外还有氐人、互人、赤鱬等人面鱼身的怪物，人和鱼的关系变得暧昧不清，两者之间似乎在寻找某个彼此认可的最大公约数，身体元素的拆解与重新拼贴，造出了一大批妖异的新型物种，实为后世人鱼故事之滥觞。

《搜神记》中又有鲛人："南海之外有鲛人，水居如鱼，不废织绩，其眼泣则能出珠。"陵鱼和鲛人的出现，只有外貌和神异的功能之陈述，故事在传播中增添枝叶，它们模糊的影子也终得清晰。据陶思炎先生在《中国鱼文化》中的考证，民间故事中的孟姜女即是鲛人故事的变体——她善织善绣，为丈夫万喜良做寒衣；哭倒长城时又现出了善哭的一面；她曾送给丈夫一颗宝珠，含在嘴里就能不渴不饿。孟姜女哭倒长城之后,秦始皇见她貌美,就想纳为妃子,孟姜女投水变成了白鱼。孟姜女所显露出来的神通,都与《搜神记》中的鲛人特点相吻合。在江淮地区流传的孟姜女歌谣中也有这样的唱词:"鲤鱼就是奴家变,细眼红尾苗条身,世

人鱼　1590年《谟区查抄本》

人对我多珍重,捧上桌案敬神灵。"从中或可看到民间叙事中暗含的原型密码,上古的神话并未消散,而是在民间秘密传递。

从鱼到人的变身,是先民的认知从自我感观出发,往往以自身解释自然界,进而把自身与外物混同起来,进入物我混一之境。我中有物,物中有我,即庄子所谓"齐物"。终于,人的元素占了上风,从半人半鱼的怪物,到人格化的鱼精,可惊可怖的原始巫风消散殆尽,而代之以旖旎绚烂。

三

还有一种水中怪物,介于人和鱼之间,难以归类,更像是博物学层面的未知物种,这种生物叫作"海人鱼"。林坤《诚斋杂记》载:"海人鱼状如人,眉目口鼻手足皆为美丽女子,无不俱足。皮肉白如玉,灌少酒便如桃花。发如马尾,长五六尺,临海鳏寡居多取养池沼。"这里出现的海人鱼,是一种与人几乎完全一样的生命体,几乎看不到鱼的特征,而且是"美丽女子"。所不同者,她们可以和鱼一样生活在水中,所以沿海地区的单身渔民多抓来这种人鱼养在池塘里,以备不时之需。

据《徂异志》载,北宋的使臣查道出使高丽国,在海上遇到了这种海人鱼。某日傍晚,查道的使船停泊在一个不知名的海岛,忽望见海岛沙滩上有一个女子,"红裳双袒,鬈发纷乱,肘后微有红鬣",查道命水手用竹篙将这个女子扶到了水中。女子到了水中,向查道施礼,随后不见,原来她是搁浅在沙滩上。水手不认得这是何物,查道俨然是个潜伏已久的博物学家,他说:"此人鱼也,能与人奸处,水族人性也。"

海人鱼是人类欲望投射的暗影,海滨之民视之为玩物。海人鱼肤白貌美,可以豢养在池塘或水缸里,以备不时之需。文献中提到的海人鱼,皆强调海人鱼的玩偶功能,这里不存在真正的情爱,仅表现为淫欲的满足,这是道德的沦丧,还是海人鱼的悲剧?因为海人鱼的特殊身份,道德家也无从置喙,阴暗的故事得以萌发。

清代画家聂璜在《海错图谱》中绘制过海人鱼的画像。他画的人鱼是雄性,四肢皆有,皮肤黑色,头发金黄,眉目鼻眼都和人相似;所不同者,人鱼的后背有鳍,臀后有短尾,手指之间有连蹼,这些水族特征似乎足以说明,它来自水中。在风雨交加的夜晚,海人鱼还会"骑大鱼随波往来",看起来,它们的生命活力还是极为充沛的。

或许,在未知的海洋深处,真有这样一支人类的远亲,它们早已退守海洋的深处,处处躲避着人类。

四

人和鱼相恋的故事，能够圆满的似乎太少，这岂能满足国人的"大团圆"情结？终于，有一个花好月圆的故事姗姗来迟，该故事出自《聊斋志异》里的《白秋练》。这一次，蒲松龄照样出手不凡。故事的男主人公慕蟾宫是商人之子，有文才，在船头吟诗，被美女白秋练看中。白秋练的原身，是一头白鳍豚。白鳍豚是一种淡水鲸，虽有鱼的外形，却是哺乳动物，生活在长江中下游，是中国特有的物种，如今已经绝迹。白鳍豚成精，也真是空前绝后了。白秋练和慕蟾宫相爱，这时却逢洞庭龙君选妃嫔，听闻白秋练貌美，想要纳入龙宫。在这类故事中，每到危机时刻，都有法力高强的人物出现。在白秋练的指引之下，慕蟾宫手持鱼腹绫，去求一位得道的真君，真君在绫上写了一个"免"字，如画符之形。也不知这位真君是何来历，法力也真高强，迫于真君的压力，从此老龙不敢再打白秋练的主意了。几经波折，二人终成眷属。白秋练还保留着水族的生活习性，隔三岔五需要去出生之湖的湖水里浸泡，才能保持生命的活力，于是慕蟾宫举家迁到了湖畔居住，完美解决了这个问题。就像童话故事里说的一样，他们幸福地生活在一起。

在民间秘密传递的人鱼相恋故事，也出现在戏曲中。越剧的传统剧目《追鱼》就是人和鲤鱼精的一段奇缘。故事说的是北宋嘉祐年间，应天府有个书生名叫张珍，父母在世时，曾与丞相金宠的女儿金牡丹指腹为婚，不幸的是，张珍父母双亡，不得不千里迢迢来金府投亲。不料金宠见他衣衫褴褛，很不高兴，就借口"金家三代不招白衣女婿"为由，命他在碧波潭前的书房攻书，等到考中功名，方能完婚。张珍只得答应下来。其实金宠见张家败落，便想赖掉婚约，从此婚事再也不提。哪知碧波潭里有一只鲤鱼精，她见张珍多情，而金宠和女儿嫌贫爱富，心甚不平，便化身为一个美丽的姑娘和张珍相爱。后来金宠得知，请来张天师捉拿鲤鱼精，鲤鱼精发起大水，仍不能取胜。幸有观世音菩萨前来搭救，鲤鱼精忍痛剥下三片金鳞，丢弃千年道行，变成了没有法力的凡人，和张珍结为夫妇，也是有情人终成眷属。《追鱼》还曾拍摄为电影，由越剧名家徐玉兰、王文娟主演。鲤鱼精对爱情大胆追求，付出了巨大代价，而又丝毫无悔，这一艺术形象也受到人们的喜爱。同样也是大团圆的结局，鞭挞的却是像金家父女一样嫌贫爱富的势利之辈，这就是戏曲的教化意义。穷与达之间的阶层差异，导致难以结合，与异类鲤鱼精的结合反倒不难，这真是莫大的讽刺。

古老的故事并没有终结。王小波的小说《绿毛水怪》，也同样是接续了人鱼之恋的传统，主人公陈辉和杨素瑶是小学的同班同学，两人的行为思想都有些与众不同，与周围环境格格不入。他俩在书店里发现了共同爱好，于是凑钱一起买书，直到初中，再到下乡插队时分开，之后陈辉听说杨素瑶游泳溺水而死，悲伤不已。一次偶然的机会，他发现杨素瑶没有死，而是变成了半人半鱼的水怪。陈辉决定和杨素瑶一起去当水怪，却因病未能成行。在海洋这片象征着自由的理想世界里，陈辉却与最爱的人失之交臂。

人和鱼相恋的故事绵延不绝，从上古时代面目可怖的半人半鱼的精怪，到美貌智慧勇敢的女性形象，鱼精走过了漫长的演进道路——世间有太多的不堪，对美好人性的诉求也开始在鱼精的身上层层叠加，从某种意义上来看，在鱼的身上，得以豁然洞见人类的龌龊。

僵尸简史

僵尸的本意是指死尸。《史记·淮南衡山列传》:"僵尸千里,流血顷亩。"《水经注》亦有云:"僵尸倚窟,枯骨尚全,唯无肤发而已,当是数百年遗骸矣。"这里说到的僵尸,和后来的僵尸意思完全不同。僵尸在明清的文人笔记中才大量出现,是一种死后不腐、能动能蹿的妖怪,这是一种凶神恶煞般的存在,遇到僵尸的人多数难以自保。

电影中的僵尸形象也多是清代官员的装扮,朝珠补服,面部已然朽坏难辨,种种骇人怪状,令人毛骨悚然。这种僵尸夜间出游,双腿并拢在一起,向前跳跃着行进,据说僵尸的膝盖不会打弯儿,所以只能蹦跳着走——这是我们最为熟悉的僵尸形象。

然而,电影只是夸张的演绎。那些自古流传的僵尸故事,则又有所不同。僵尸的出没,关乎时序风俗,亦可映照出世道人心。

僵尸精和骷髅精 （清）桃花坞年画

古尸的神话碎片

僵尸是晚出的妖怪,若追溯其本源,《山海经》中即有刑天、王亥、猰貐、奢比、贰负等古尸。比如《山海经·海外西经》所记的刑天:"刑天与帝至此争神,帝断其首,葬之于常羊之山,乃以乳为目,以脐为口,操干戚以舞。"这是死后不腐,仍葆有活力者。肢体虽已残缺,却比原先更为凶猛,刑天算是僵尸的始祖之一。

西汉时刘向父子编辑整理《山海经》,当时是汉宣帝在位时期,某地有一个石室塌陷,人们发现里面有一个戴着刑

僵尸观月图　溥心畬 作

具反捆着的人,便将其运到长安。宣帝知道以后,问遍群臣,无人知晓。这时刘向说:"此贰负之臣也。"汉宣帝问他怎么知道的,刘向回答说,是从《山海经》里看到的,因此一见便知。汉宣帝大惊,找来《山海经》一看,果然吻合,于是朝野上下人人都争读《山海经》。

刘向所说的"贰负之臣",是一个古老的故事。贰负之臣名叫危,危是贰负神的臣子。要说危的故事,首先要说说贰负神。贰负神是一个人面蛇身的天神。有一次,危和贰负把另一个人面蛇身的天神窫窳给杀死了,黄帝知道以后,便命人把危绑在疏属山上,给他的右脚上了枷,反绑了双手,拴在山头的大树下,后来死而不僵,一直到汉代被人们发现。贰负之臣也算是著名的古尸了,后来,"贰负之臣"也成为叛徒的代名词。

《永乐大典·尸字部》认为"古人立尸之意甚高,祭祀而立尸"。《山海经》里那些不死的古尸,或是上古祭祀仪式的一部分,追忆祖先,威吓仇敌,惩罚叛逆,尸的效果极为直接。上古神话最终消散在历史的尘埃中,只剩下一些残片,这些死而不僵的古尸,偶尔显现出真容,经过重新组合,又生发出新的形象,为后世的僵尸故事提供了隐秘的资源。

从旱魃到僵尸

除了上述古尸,《山海经》里的女魃也与僵尸有了联系。《山海经·大荒北经》载:"有人衣青衣,名曰黄帝女魃。"这个青衣女子是黄帝的女儿,秃头无发,常穿青色的衣裳,所居之处大旱。在蚩尤与黄帝的大战当中,黄帝命应龙蓄水,蚩尤请来风伯雨师,降下了狂风暴雨。这时黄帝搬出了他的女儿女魃,止住了暴雨,蚩尤大败,被黄帝所杀。女魃尽管在作战中立了功,但由于她所在的地方滴雨不至,灾祸连年,黄帝便下令把她安置在赤水之北。但女魃是个不安分的家伙,常四处逃窜活动,只要她出行,所过之处便大旱,人们又称她为旱魃,认为天旱不雨是旱魃作祟。

《神异经》也提到了旱魃的危害:"南方有人长二三尺,其目在顶上,行走如风,名曰魃,所见之国大旱,赤地千里。"《诗经·大雅·云汉》也写到了旱魃带来的灾难:"旱既大甚,涤涤山川,旱魃为虐,如惔如焚。"这是古人历经干旱留下的沉痛经验,对天灾无从解释,便有了旱魃作祟之说。

将旱魃与僵尸联系在一起,是认为僵尸能吸水,该说法见于宋代的志怪笔记《夷坚志》。有一个叫刘子昂的人娶了妾,有一个道士看见刘子昂脸上有妖气,便断定他娶的妾不是人，而是妖怪。刘子昂不信，道士就来到刘府，让人挑了十几担水，倒在院子里。院里都是水，唯有一个角落"水至即干"，在此处挖掘，发现"巨尸偃然于地"，该尸"僵而不损"。刘子昂定睛细看，不是别人，正是新娶的妾。

干旱是因为缺水，而僵尸的吸水功能，使之与旱魃联系起来。百姓认为旱魃借了僵尸的身子，袁枚《子不语》则认为僵尸年深日久就会变成魃，所谓"天应旱，则山川之气凝结而成"。僵尸的出现带来大旱，只要找到僵尸，将其毁坏，就能扭转旱情。谢肇淛《五杂俎》载："燕齐之地，四五月间常苦不雨，土人谓有魃鬼在地中，必掘出，鞭而焚之，方雨。"这种风气在河北和山东最为猖獗，找到魃鬼要用皮鞭抽打，然后焚烧，这已然成为一种求雨的仪式。在以农业为主要经济来源的时代，气候的旱涝变化最能牵动人心，乃至改易风俗。

然而，并非所有的僵尸都是旱魃，如何寻找旱魃，也是技术活。于慎行《谷山笔麈》载："北方风俗，每遇大旱，以火照新葬坟，如有光焰，往掘，死人有白毛遍体，即是旱魃，椎之辄雨，以此成俗，官不能禁也。"据于慎行所说，当时村野所谓之旱魃，乃指新死之尸骸而遍体生白毛者；而辨别新葬之尸是否为旱魃的方法，就是深夜用火去照坟头，如果坟上有火苗出现，坟里埋的就是旱魃，这为寻找旱魃提供了理论基础。现在来看，这则记载应看作是当时的民俗志，从中可以窥见当时的风气。

后来，这种风俗大有愈演愈烈之势，难以收拾。张岱《石匮书》载："济南之俗，天旱则恶少年相聚，发冢暴尸，名曰'打魃'。"打魃是一种陋俗，每逢大旱，乡间恶少便纠集同伙开掘坟墓，以"打魃"为幌子，实则是为了盗墓，发不义之财，由此引发的纠纷与诉讼不断。

死而不腐者化为妖

古人认为僵尸不但能导致大旱，还能游荡在棺外，害人性命。《西游记》第二十七回"尸魔三戏唐三藏"，孙悟空打死的白骨精，化作一堆骷髅，行者告诉唐僧："他是个潜灵作怪的僵尸，在此迷人败本，被我打杀，他就现了本相。"在这里，白骨和僵尸的概念似乎不分彼此，一具白骨成精，也可称作"尸魔"。

在清人的笔记之中，僵尸就是骨肉俱全的了。纪晓岚在《阅微草堂笔记》中把僵尸分为两大类："其一新死未敛者，忽跃起搏人；其一久葬不腐者，变形如魑魅，夜或出游，逢人即攫。"

按照纪晓岚的分类，新死的尸体偶然感了阳气，发凶成怪，也即诈尸。《聊斋志异》中有一篇《尸变》，说的是山东阳信县有一旅店，有客人前来投宿。客店的老板新死了儿媳，停尸在客栈中，尚未安葬。有一客未睡，忽见女尸揭衾而起，朝着几个客官吹气，被吹到的人后来都死了，醒着的那位客官拔腿狂奔，僵尸追出来，客官爬上树，僵尸抱着树，却上不去，一直到天亮，僵尸抱着树不动了。过往的行人发现了僵尸，见僵尸的指头已经插进树干里，"数人力拔，乃得下"。可见僵尸指力之猛，如果被抓到了，只有死路一条。

死后许久的僵尸会在夜里出来作怪。还是《聊斋志异》里的故事，有一篇《喷水》，写到一个喷水的僵尸。莱阳有个官员宋玉叔，他的母亲和两个丫鬟睡在家宅的正屋里，夜里听到院里有"噗噗"的声音，宋母让丫鬟起来看看。丫鬟捅破窗户纸往外看，不由得吃了一惊，"见一老妪，短身驼背，白发如帚"，在院里绕圈走着，边走边喷水。宋母也来看，那老妪忽然靠近窗户，朝着窗户喷水，主仆三人皆倒地不起。到天亮时，宋玉叔才发现，悲痛欲绝，只有一个丫鬟尚有气息，救醒之后，丫鬟讲述了昨晚的遭遇。宋玉叔命人在院里掘地三尺，发现一具僵尸，又命人敲打僵尸，"骨肉皆烂，皮内尽清水"。

这类僵尸的出现，或与儒家的孝道有关。《论语》中说"生，事之以礼，死，葬之以礼"；《中庸》也说"事死如事生，事亡如事存，孝之至也"。死后不下葬，就会被认为不合礼法。东晋衣冠南渡之后，中原士人见南方多有死后长期不葬的风俗，对此颇有非议。南朝任昉《述异记》中提到"不葬之咎，尸化为妖"，这是出于道德意义上的拷问。明清以后的僵尸故事，也有着类似的语境。

颜色和等级

历代志怪笔记中提到僵尸最多的，当属袁枚的《子不语》，其中有大量冷僻的僵尸知识；也不知袁枚究竟经历了什么，居然对僵尸种种细节了如指掌。在袁枚的不倦书写之下，僵尸也成为中国民间堪与狐狸精并列的两大最著名的妖怪。《聊斋志异》里的狐仙与《子不语》里的僵尸交相辉映。

作为妖怪的僵尸，外貌狰狞可怖。按照袁枚的说法，僵尸身上有毛，是所谓的"毛僵"，这应是霉变之状，僵尸的毛像猫狗一样，毛茸茸的，俨然是身体的一部分。《子不语》中的《掘冢奇报》提到杭州有盗墓贼朱某，平生以发掘古墓为生，所见到的僵尸各式各样，有紫僵、白僵、绿僵、黑僵之类，简直是五彩斑斓。根据毛色的不同，僵尸又分为不同的等级，其中，新死不久的僵尸身上无毛，自然是危害最小的一种。紫僵即是死后不久的僵尸，身体呈紫色；而白僵就死得久一些了，其形状是"遍身白毛，如反穿银鼠套者，面上皆满"，白毛遍布全身，只露出两只眼；绿僵则是"颈以下绿毛覆体，茸茸如蓑衣"；黑僵则见于陕西，又名"黑凶"，能入家宅中作乱。用今天的眼光来看，这些颜色不同的僵尸，似应是霉变长毛，偶然被人看到，心惊胆战之余，便附会出僵尸的故事。

花色各异的僵尸只能算是初级的僵尸了，有些僵尸资历老，品阶高。《子不语》的《飞僵》提到一种会飞的僵尸，"能飞行空中，食人小儿"，请道士来捉怪，道士说飞僵"最怕铃铛声"，最后用铃声将其降服。飞僵已经是僵尸的高级形态了，随着时间的推移，飞僵会变成飞天夜叉，"非雷击不死，惟鸟枪可毙之"。僵尸还有很多变体。《子不语》有一篇《犼》，说到了僵尸的几种变化："尸初变为旱魃，再变为犼，犼有神通，口吐烟火，能与龙斗，故佛骑以镇压之。"僵尸变为旱魃，旱魃中的上上之品又变成一种叫作"格"的妖怪，最为凶悍，"似人而长头，顶有一目，能吃龙"，连风伯雨师见了它都害怕，只要有阴云聚拢、即将降雨之时，这妖怪"仰首吹嘘，云即散而日愈烈"。僵尸的这些变体，都是朝着穷凶极恶的道路狂奔而去，愈变愈恶，最后变成了异常凶悍的妖魔。像这样的大凶之怪，在前代未曾出现过，在袁枚的故事中，僵尸已获得了新的生命。

僵尸的膝盖

僵尸是已死之身，筋脉已然不通，失去了生命体征，故谓之僵，有僵硬、僵直之意，其膝盖不能弯折，两腿只能蹦跳着前行。袁枚《子不语》中说到桐城钱某夜里醉酒回家，"见树林内有人跳跃而来，披发跣足，面如粉墙"，这个僵尸"跳跃而来"，也是因为膝盖不能弯折，难以像正常人一样走路。清末的《点石斋画报》中有"僵尸出嫁"的石印版画，说的是宁波某户人家娶亲，用花轿将新娘迎娶回来，交拜之时，新娘"两足如僵，不能跪拜"，众人细看，原来新娘早已"气息全无"，迎娶回来的新娘是一具僵尸。虽然能跳能蹿，但毕竟是已死之身，除了不能走、不能跪，僵尸还不能攀爬，也不能转弯，所有跟屈膝有关的动作都做不了，所以，遇到僵尸最好的办法就是拐弯跑，或者爬到树上去躲避。

说到僵尸的膝盖，还有一段趣事。清朝时，来华的洋人形貌古怪，被称作是"番鬼"。大清的官员曾一度认为洋人的膝盖也像僵尸一样动转不灵，传闻变成了一种知识，乃至成为认知方式。乾隆五十八年（1793）英国马戛尔尼使团来华，希望与大清通商，觐见之时，这些洋人不愿跪拜。大臣们认为，这些洋人不是不愿向中国皇帝下跪，而是因为他们膝盖不会弯曲，这与当时流传的僵尸故事如出一辙，更加坐实了之前的猜测。鸦片战争前，两广总督邓廷桢给道光帝奏折中特别提道："夷兵除枪炮外，击刺俱非所娴，而其腿足裹缠，结束紧密，屈伸皆所不便，若至岸上更无能为，是其强非不可制也。"一年以后，也就是鸦片战争爆发期间，浙江定海被英军攻陷，林则徐急忙给道光皇帝上书，提出了克敌制胜的秘钥。他在奏折中写道："一至岸上，则该夷无他技能，且其浑身裹缠，腰腿僵硬，一仆不能复起，不独一兵可手刃数夷，即乡井平民，亦尽足以制其死命。"看来，对付这些英国人的方法简单极了，只要用长竹竿一拨，英夷就会倒地，再也爬不起来。如果真有这么简单，恐怕就不会有后来的割地赔款了。

十九世纪中叶的《伦敦新闻画报》里有一幅画像，是中国人笔下的英国佬形象，不难发现，这完全是怪物的造型，这个怪物出现在浙江处州府，"逢人便食"，煞是凶恶。它生着鸟嘴，浑身毛发，嘴里喷水，更为显著的特点是——它没有膝盖，腿完全是直的，有人认为这是反映了英国人扎裹腿的形象，也即林则徐所说的"浑身裹缠"。

通过这幅画像，可以看到国人一度把英国人视为僵尸状的怪物，这也算是历代僵尸故事的延续，巨大的惯性显得不合时宜。膝盖的问题虽小，却也裹挟着尴尬而又沉痛的历史记忆。

厕神紫姑

正月十五是元宵佳节，又是灯节，是放灯赏灯的节日。在汉族的传统中，这天还是"迎紫姑"的日子，只是这一古老的传统如今鲜为人知。

紫姑是古代神话中的厕神，也写作子姑、厕姑、茅姑、坑姑、坑三姑娘，这么重口味的神，原本是苦命人。她的原名叫何丽卿，据《三教搜神源流大全》载：

> 紫姑神者，山东莱阳县人也，姓何名媚，字丽卿，自幼读书。唐垂拱三年，寿阳刺史李景纳为妾，其妻妒之，遂阴杀之于厕。自此始也，紫姑神死于正月十五日，故显灵于正月也。

这段记载中，厕神有名字有籍贯，而且是"底层出身"。传说中的厕神紫姑也是受压迫者，作为寿阳刺史李景的妾，每每被大老婆嫉妒，最后被大老婆秘密杀害于厕所中。民众对弱者的同情是无力的，只能将这个女子敬奉为厕神，让她的冤屈有所补偿。紫姑的冤屈，沉没于幽暗的厕所，据说后人如厕时，常听到她的哭声。《搜神记》中说厕神紫姑"魂绕不散，如厕每闻啼哭声，时隐隐出现，且有兵刀呵喝声"。

也有观点认为，何丽卿是后人附会出来的名字，厕神最早可以追溯到西汉，是刘邦的宠妃戚夫人。刘邦死后，吕后嫉妒戚夫人，将其四肢砍掉，扔进猪圈里，号为"人彘"。因汉代的猪圈与厕所相通，人排出的粪便用来喂猪，故而猪圈即厕。戚夫人最后死于厕中，人们怜悯其悲惨遭遇，敬奉她为厕神。

宋代文学家苏轼在黄州时，自称曾目睹紫姑降神，紫姑还请求苏轼为她作传。她对苏轼说："公文名于天下，何惜方寸之纸，不使世人知有妾乎？"苏轼欣然作《子姑神记》，记其平生，在苏轼等文人的宣扬下，厕神的故事流传于世。沈括《梦溪笔谈》卷二一："旧俗，正月望夜迎厕神，谓之紫姑。亦不必正月，常时皆可召。"清黄斐默《集说诠真》："今俗每届上元节，居民妇女迎请厕神。其法：概于前一日取粪箕一具，饰以钗环，簪以花朵，另用银钗一支插箕口，供坑厕侧。另设供案，点烛焚香，小儿辈对之行礼。"正月十五"迎紫姑"的仪式，俨然是元宵节活动中的一部分了。

从相关记载来看，厕神的功能无外乎两点。一是占卜，占卜的内容五花八门，可占卜新年里的农事收成，也可占卜

厕神紫姑　明刊本《三教搜神大全》

紫姑神　［法］禄是遒《中国民间信仰》

婚事，甚至家里丢了东西也可占卜一番，请紫姑神帮着找。比如《闽杂记》云："未字少女，多于是日潜揭门前所贴春联，于紫姑前焚之，以为他日必得读书佳婿。"二是作"射钩"之戏，具体做法已不详。据《酉阳杂俎》《梦溪笔谈》等载，还有请紫姑作诗、写字、下棋等游戏。从以上各地迎紫姑的活动看，紫姑的职责主要不是司人家之厕，而是代卜人事的吉凶和与人一起游乐了。

那么，厕神作为神，除了占卜吉凶之外，她的神通如何呢？褚人获《坚瓠秘集》"厕神"条下记载了厕神紫姑施展神通的一则逸事，她的法宝居然是屎：

> 天台有民王某，常祭厕神。一日至其所，见黄衣女子云："某厕神也。君闻蝼蚁言不？"民曰："不闻。"遂于怀中取小盒子，以指点少膏（膏即粪），涂民右耳下，戒之曰："或见蚁子群聚，侧耳听之，必有所得。"民明旦见础柱下群蚁纷纷，听之，果闻相语云："移穴去暖处。"旁有问之何故，云："其下有宝，住不安。"民伺蚁出，寻之，获白金十锭。

在紫姑的画像中，紫姑身穿黄袍，似乎是暗示着屎的颜色；她怀里的小盒子里装着屎，涂在人的耳朵上，就可以使之听懂蚂蚁的"蚁语"；而听懂这门"蚁语"，即可打探到地下所藏的财宝，故事的主人公最终获取了白金十锭。这是紫姑作为厕神的重要神通，她变屎为宝，给厕中物涂抹上了神性的光辉。

飓　母

古人较早注意到了风带来的危害。早在《吕氏春秋》中就有了"八风"的记载:"东北曰炎风,东方曰滔风,东南曰熏风,南方曰巨风,西南曰凄风,西方曰飂风,西北曰厉风,北方曰寒风。"从这些名目当中,可以看出两千多年前的古人对风已有了精细的划分。其中,南方的巨风,即今日所谓的台风,在古籍记载中,多称之为飓风。

风可以毁屋拔树,也能将人吹上天。古人看到风的威力,认为有神明在暗中主宰,便塑造出风神。最早的风神是风伯,名曰飞廉。《风俗通义》认为风伯的形象是"白须老翁",他用扇子把风送到人间。相传蚩尤攻打黄帝时,曾请风伯雨师助战。在敦煌壁画中的风伯则是手持羊皮口袋,口袋里满满的都是风;风伯的右手紧紧攥住袋口,控制着口袋里的风,松开袋口,风就吹出来。后来的风神绘像,风袋多有沿用,袋子的开口画作兽头,风即从兽口中喷出。

东南沿海多有飓风为害,于是,风神的体系中又分裂出

风神　敦煌壁画

风雨雷电　[法]禄是遒《中国民间信仰》

了女性形象，作为飓风之神。李肇《唐国史补》载："飓风将至，则多虹蜺，名曰飓母。"古人认为飓风之前的虹霓，就是飓风的信使，预兆着飓风的到来，这种虹霓叫作"飓母"。到后来，飓母又演变为飓风之神。按《南越志》："飓母即孟婆，春夏间晕如虹是也。"孟婆不知何许人也。《佩文韵府》载，北齐的李驹骇到了南陈，跟陆士秀问起南方的风俗："江南有孟婆，是何神也？"陆答道："《山海经》云，帝之二女，游于江中，出入必以风雨自随，以帝女故曰孟婆。"值得注意的是，这里所说的孟婆，是风神飓母的俗名，与地府中卖茶汤的孟婆并非一人。清代沈天宝《公无渡河歌》："中流飓母果为祟，狂飙拉杂翻艨艟。"在这里，飓母俨然是作祟的妖魔了。

飓母形象是对《山海经》里的"帝二女"的延展。帝二女本是尧帝的两个女儿，一个叫娥皇，一个叫女英，都嫁给舜为妃。相传舜南巡，崩于苍梧，二妃奔赴哭之，殒于湘江，成为湘水之神，出入即有大风雨，因此转变为风神。屈原《九歌》中的湘夫人即是。《博异志》中又有风神名叫"封十八姨"，又名封姨，取谐音，封即是风，可见风神的变化之繁复。

飓风无法躲避，带来的灾难也是沉重的。飓母作为飓风之神，是一种地方经验，在风神的体系中另辟一支。两广一带是飓风的多发区。《岭表异录》载："广州去海不远，每年八月潮水最大，秋中复多飓风，当潮水未尽退之间，飓风作而潮又至，遂至波涛溢岸，淹没人庐舍，荡失苗稼。"这里说的是飓风引发的海啸。《潮州府志》亦载："明弘治八年（1495）九月，飓风暴雨，大水浸毁庄稼，冲决北门堤。潮州城城墙倾塌二百余丈。"直至今日，我们面对飓风还是束手无策。

飓母神在带来灾难的同时，竟也收拾了许多作恶多端的海盗。张岱《夜航船》："飓风之作，多在初秋，作则海潮溢，俗谓之飓母风。明正德七年（1512），流贼刘大等舟至通州狼山，遇飓风大作，舟覆，贼尽死。"另据《文昌县志》载，清代嘉庆年间，海盗乌石二为害南海，文昌县有个叫潘琼宇的人，痛恨海盗，于是筹措银钱，搭了一座高楼，召集巫师诵经，咬破手指书写奏章，将乌石二的罪行上达天庭。不出几日，飓风大作，乌石二的船队遭到重创，元气大伤，不久即被官兵剿灭。当时人们坚信这是飓母显灵，荡除了海盗。

月光的魔力

一

公元前的某个夜晚，大地漆黑一片，全然没有今日的灯光闪烁，最为明亮的，是空中的一轮明月，彻夜散发着寒冷而又神秘的光华。那时的人们认为，动物的肥瘦与月亮盈亏有关。《吕氏春秋》云："月，群阴之本。月望则蚌蛤实，群阴盈；晦则蚌蛤虚，群阴发。夫月行乎天，而群阴化于渊。"这种经验似乎有着隐秘的传承。在胶东海滨，人们还认为在满月时所获的贝和蟹最为饱满，味道也最为鲜美。

《黄帝内经》还提到了月亮对人的影响，与前述类似："月始生，则血气始精，卫气始行。月廓满，则血气实，肌肉坚。月廓空，则肌肉减，经络虚。"意即人在月缺时气血虚，月圆时气血旺盛。李时珍的《本草纲目》甚至认为女人月经与月亮的周期同步："其血上应太阴，下应海潮。月有盈亏，潮有朝夕，月事一月一行，与之相符。"传统的农历，也是以月相为依据。

玉兔捣药　（明）彩绘本《真禅内印顿证虚凝法界金刚智经》

《黄帝虾蟆经》更是把月中的蟾蜍、玉兔与人体的疾病相关联。比如，"月生十三日，兔生右胁，人气在头"，在某种意义上继承了中国古代的养生观念，月亮成为计量人体精气的容器。月圆月缺之际，有秘密的力量在连接人体与天体，遥相感应。

月亮与动物的隐秘联系，在古人看来是顺理成章的事情。既然满月能使气血充盈，那么，充分摄入满月之际的光华，则大有裨益。植物也受惠于月亮，法国学者弗雪里总结了农作物利用月光的经验。比如草莓对潮汐最敏感，应避免在满月和新月时栽植、剪枝和采摘，核桃在满月时打落，油脂最为丰富，还容易消化吸收。在月光下晒粮食，月光的"净化"作用可以使食物避免发霉，甚至可以防止虫咬鼠害。

科学尚很难解释这些经验，高悬在我们头顶的古老的月亮，暗中与地球上的生物保持着默契，其作用不可小觑。人们甚至据此敷衍出许多妖怪故事，这些妖怪是在月亮的帮助之下，增添了法力，进而进入了魔道。

二

所谓近水楼台先得月。月宫看似仙家清净地，却也藏污纳垢，时有奇象异兆显现，还有妖孽出没。《太平广记》载："尹思者，字小龙，安定人也。晋元康五年正月十五夜，坐屋中，遣儿视月中有异物否。儿曰：今年当大水，中有一人被蕞带剑。思目视之,曰:将有乱卒至。儿曰:何以知之?曰:月中人乃带甲仗矛,当大乱三十年。"尹思父子二人是天文爱好者,月圆之夜观察月中异物,见月中有人手持兵刃,便预言天下将有大乱,可怕的预言后来果然成真了。这个故事颇有道家方术的色彩,月亮成了兆示世间灾祸的一面镜子,令人不敢直视。

月中有阴影,形似兔子,那是月球上的环形山的痕迹。在古人的心目中,月亮上有月宫,是仙人的居所,嫦娥、吴刚、玉兔、蟾蜍等是月宫的常住居民。其中的玉兔原本人畜无害,后来也堕落成妖怪,下界作乱。《西游记》中有玉兔精,她假扮作天竺国的公主,想和唐僧结为夫妻,却被悟空的火眼金睛识破了,"见那公主头顶上微露出一点妖氛,却也不十分凶恶",这或许与兔子的本性温和有关。直到悟空喝破了妖怪的身份,那玉兔精"跑到御花园土地庙里,取出一条碓嘴样的短棍,急转身来乱打行者",这条奇异的兵刃一头大一头小,就是她在月宫捣药时候用的捣药杵,居然能和金箍棒硬碰硬,也真是一件宝物了。后来玉兔敌不住悟空,眼看就要毙命,却被太阴星君收走了。太阴星君是月亮神,一般认为嫦娥即太阴星君,而《西游记》里的太阴星君是个老媪,而嫦娥是其宫中的仙女,玉兔是负责捣药的工作人员,一套完备的体制,是对人间官制的戏仿。

玉兔精的形象后来演变为一种玩具,即老北京的兔爷。

《清稗类钞》载："中秋日，京师以泥塑兔神，兔面人身，面贴金泥，身施彩绘，巨者高三四尺，值近万钱。贵家巨室多购归，以香花饼果供养之，禁中亦然。"兔爷是泥塑的兔首人身形象，中秋祭月时所用。祭月之后，就成为儿童喜闻乐见的玩具。曾经的玉兔精，收敛了邪气，变得一脸和气。原来妖怪最善于迷惑人，惹人喜爱的外表，只不过是它的又一化身。

三

在古人看来，月光的魔力可以帮助妖怪修炼。袁枚《续子不语》载："凡草木成妖，必须受月华精气，但非庚申夜月华不可。因庚申夜月华，其中有帝流浆。"据说帝流浆是一种磁石，"其形如无数橄榄，万道金丝，累累贯串垂下"。帝流浆每六十年出现一次，妖怪们吃了它，一夜的修炼可抵千年之功，植物和动物都会因此而产生变异——"人间草木受其精气即能成妖，狐狸鬼魅食之能显神通"。

最善于从月光中获益的妖怪，当属狐狸精。《聊斋志异》里有一狐仙拜月修炼，而且还练成了金丹。故事说的是山东利津县的王兰得了暴病而死。阎王发现这是鬼卒工作失误而勾来的，便让鬼卒将王兰送回。然而时日已多，尸体早已腐烂。鬼卒怕难以交差，便对王兰说："此处一狐，金丹成矣。窃其丹吞之，则魂不散，可以长存，但凭所之，罔不如意。子愿之否?"原来鬼卒想抢夺狐仙的金丹,帮助王兰重回阳世。在鬼卒的带领下,王兰来到一所大宅,有一只狐狸在月光下,仰头望着空中,在月光中淬炼金丹,"气一呼,有丸自口中出,直上入于月中;一吸,辄复落,以口承之;则又呼之,如是不已"。鬼卒躲在一边,趁着狐仙不备,把金丹抢到手里,狐仙大惊,见有两人在,失去金丹后法力低微,不敢硬拼,只得愤恨而去。王兰得了金丹,回到家里,家人见了都大吃一惊,以为是见了鬼。王兰说出原委,从此住在家里,和活着时一样,借助金丹的力量,其形体得以重新凝聚。

四

欧洲有月夜狼人的传说,这是一种介于人和兽之间的怪物,平时看上去和人一样,到了月圆之夜,会变身为狼。有一种观点认为,人体内的血液等体液与海洋类似,在月球的引力作用下,海水会有潮汐变化,人体内之海也同样会迎来大潮,是情绪最易冲动的时刻。在满月之夜,人们还会做出许多不理智的决定,据说都可把责任推给月亮。

还有一些妖怪,和西方的狼人相似,月光激发了它们的潜能。有月亮的夜晚,它们乘着月色出游,当月亮隐去,东方欲晓之时,它们就会销声匿迹。这些妖怪,是身披月色的,在月光的映照之下,其狰狞的面目分外可怖,《子不语》

狐仙太爷　（清）民间纸马

写到僵尸趁着月色出游:"游尸乘月气,应节而移无定所",僵尸的出现是伴着月色,到了月圆之夜,僵尸的威力将达到巅峰,难以制服。

清末的《点石斋画报》里提到台州的山区有山魈出没,"每当风清月白之时,有山魈出而与行人相戏",见到山魈的人轻则得病,重则丧命。人们只好结伴而行,到了山中,看到的山魈是"身长数丈,面作碧色,似人非人",人们转身逃走,山魈就会追上来,除非用火枪轰击,或者用木匠的墨线来抽打,山魈才会离开。当时正是十九世纪末,月光下出现的绿脸的山魈,还有慌乱中的奔跑,凌乱的树影,构成了扰攘的画面,这是最后的妖怪时代了,从那之后,妖怪日渐式微,只有那轮圆月还在不知疲倦地起落。

在没有电灯的时代,夜晚令人恐惧,山林草泽还是难以涉足之地,人类的活动范围有限,许多秘境未能抵达,趁着夜色作乱的妖怪,或许是未能命名的生物,比如山魈,有可能是猿猴的一种,昼伏夜出,趁着月色觅食。如今灯光闪耀,山林萎缩,亮如白昼的夜晚,月光的魔力也为之消退,与之相关的众多妖怪,也难觅踪迹了。

猪 妖

故事发生在冬季,十二月,草木早已凋零,荒野中的野兽无处躲藏,齐襄公率众去姑棼围猎。飞马奔驰之际,前方斜刺里跑出一只野猪,拦住了齐襄公的去路。襄公的随从们说:"这是公子彭生。"

彭生是齐国有名的大力士,膂力过人,曾在齐襄公的指使之下,杀死了鲁国的鲁桓公。鲁桓公的妻子文姜是齐襄公的亲妹妹,齐襄公兄妹早有不伦之恋,妹妹和妹夫鲁桓公到齐国来,齐襄公留妹妹同宿,招致鲁桓公的不满,于是才有了齐桓公指使彭生杀妹夫的闹剧。鲁人前来问罪,齐襄公便把彭生当作替罪羊给杀了。

在围猎之际,野猪出现,襄公的随从发现的这只野猪的动作和神态与彭生类似,不觉大吃一惊,而齐襄公怒道:"彭生竟敢来见我。"于是抽弓搭箭去射,这只野猪"人立而啼",用两只后腿着地,像人一样站起来大叫,襄公受惊,从车上掉下来,伤了脚。这次事件成为导火索,襄公所作所为本就为人不齿，围猎时遇到彭生鬼魂变成的野猪，更使得襄公的威信扫地。他的臣属公孙无知等人趁机作乱，杀死了襄公。

猪妖的出现，导致了齐国的一场灾祸，引起一连串的动荡。彭生是齐国的宗室，后人认为他死后鬼魂附着在野猪身上，来向襄公索命。这段轶事见于《左传》，后来又以稍异的形式收录在《史记》《搜神记》等书中，成为一个重要的历史事件。与之相似的，还有《晋太康地志》所记的怪兽媪："秦文公时，陈仓人猎得兽若彘，不知名，牵以献之。"这头形状像猪的怪兽，人们不知其名，路遇两童子，童子说：这只怪兽名叫"媪"，常在地下吸食死人脑，想要杀它，除非用柏树枝插它的头。媪也开口说道：这两个童子名叫陈宝，"得雄者王，得雌者霸"。能双足站立、能开口说话，这样的猪已被视作妖怪，这显然是猪妖的初级形态——蒙昧已开，成为精怪。

《山海经》中有豕身人面神："凡苦山之首，自休与之山至于大騩之山，凡十有九山，千一百八十四里，其十六神者，皆豕身而人面。"这里有十六位山神都是人头猪身，已经有了变幻为人形的趋势，然而只有怪异的形象，而不知其行迹。

唐代牛僧孺《玄怪录》中有母猪迷惑人的故事。尹纵之住在中条山，月夜里鼓琴，有女子前来，自称是山下王氏之

猪八戒　［法］禄是遒《中国民间信仰》

女，听到琴声，前来相见。尹纵之见此女"仪貌风态，绰约异常，但耳稍黑"，夜间便邀之留宿，第二天女子告辞，尹纵之留下她的一只鞋，锁在柜子里，女子索要不得，愤愤而归。女子走后，尹纵之闻到床前有腥气，开柜子一看，女子的鞋已不在，而是一块猪蹄壳，地上有血迹，顺着血迹追到一猪圈中，见一大母猪，后右蹄无壳，见了纵之怒目而走，纵之让人将其射杀。猪妖迷人的故事，似乎与狐狸精迷人的故事大同小异，异类与人的交往多以悲剧收场，物类之间界限森严，各自属于不同的世界。

《玄怪录》中还有一则乌将军的故事，却是一头野猪成精，不过这个野猪是公猪，也能变幻成人形，到人间作祟。故事说的是唐玄宗时的名臣郭元振年轻时即有勇有谋，一次夜行回家，见一座大宅，门户虚掩，东阁有女子哭泣之声。郭元振便问何故哭泣，女子说，本乡有乌将军神庙，乌将军是本地的神，能招致祸福，每年乡里都要挑选美貌少女嫁给乌将军，不然，灾祸便会降临。郭元振听了大怒，要为本地除去这一害。不多时，乌将军降临，火光照耀，车马煊赫，仆从甚众。郭元振出来相见，说愿给乌将军的喜事帮忙，乌将军很高兴。趁着乌将军吃肉的时候，郭元振抓住了乌将军的手，挥刀斩断了手腕。乌将军逃走，他的仆从也四散而去。这时郭元振再看这只断手，居然是一只猪蹄。天亮之后，郭元振率领乡民循着血迹前去寻找，血迹在一座荒冢前消失了，冢上有一洞，人们扔火把进去照明，见一头大猪卧在血泊中，左前蹄齐根断掉，还在滴着血。这头大猪就是乌将军了，它冒着烟火冲出，却进入众人的包围圈，被当场击毙。人们对郭元振的勇猛和谋略都十分敬重，降妖除魔的经历成为郭元振的履历中闪光的一环。

乌将军变成人形，蛊惑视听，已然是妖邪之流，而它的神通似乎并不太高，凡人也能出手将其击毙，其力量还是比较弱的。到后来《西游记》里出现了猪八戒，这是知名度最高的猪妖，也是法力高强的猪妖。据八戒的岳父高员外介绍："初来时，是一条黑胖汉，后来就变做一个长嘴大耳朵的呆子，脑后又有一溜鬃毛，身体粗糙怕人，头脸就像个猪的模样。食肠却又甚大，一顿要吃三五斗米饭；早间点心，也得百十个烧饼。"猪八戒可不像乌将军那么好对付，与孙悟空打斗，从二更天打到了东方发白，才败回老巢去。猪八戒本是天蓬元帅，自然与寻常妖怪不同。在猪八戒身上，有着诸多人性的弱点，他却出乎意料地赢得了读者的喜爱，因为这些弱点使他更像一个世俗中人。在乌将军与猪八戒之间，似乎存在某种隐秘的传承关系，比如贪淫好色，强抢民女，仍有乌将军的痕迹。

南宋洪迈《夷坚志》认为岳飞是猪精下界，令人大跌眼镜。相传岳飞年轻时在相州做游徼，是掌管巡察缉捕之事的小吏。当地有一位舒翁善于相面，见到岳飞来，必然烹茶设宴相邀，席间神神秘秘地对岳飞说："君乃猪精也。"说得岳飞一惊。舒翁继续说："精灵在人间，必有异事，他日当为朝廷握十万之师，建功立业，位至三公。然猪之为物，未有善终，必为人屠宰，君如得志，宜早退步也。"其大意是说，你本是天上猪精下界，不久之后将带兵十万，为国家建立功勋；而猪的宿命难免被人宰杀，当得志之时，应该及早退身。岳飞听了后不以为然。岳飞后来被押在大理寺，大理寺卿周三畏夜间在大理寺走动，忽看见"古木下一物，似豕而角"。周三畏大为惊恐，停步不敢向前，眼见着"此物徐行，往狱旁小祠而隐"。后来又见到一次，据说这就是其真身。这种传闻应是后人穿凿附会，若按此逻辑，历代被杀的功臣，岂不都是猪精？

在古代志怪故事中，还有人变为猪的故事。《聊斋志异》中有《杜小雷》一篇，青州人杜小雷的母亲双目失明，杜虽然家贫，但对母亲极为孝顺。有一天，他要外出，买了肉交给老婆，让老婆包饺子给母亲吃。可这老婆最忤逆，切肉时居然掺进了屎壳郎。老母亲觉得恶臭，便把饺子藏了起来，等儿子回来，就拿出来给他看。杜小雷见了，回屋里就要打老婆，但又怕母亲听到，就上床躺着想办法。他老婆也自知理亏，不敢上床，在床下徘徊。过了一会儿，杜小雷听到床下有粗重的喘息，起来点亮蜡烛一看，一头猪在床下，两只脚还是人脚，才知道是妻子变成了猪。县令听说了，便派人将猪牵去游街示众，以警告世人。与之类似的，还有《夷坚志》中的《潍州猪》。潍州屠户杀猪时，在一块猪皮上发现了六个大字："三年不孝父母"。人们争相传观。据说这只猪的前世是人，因为不孝顺父母，转世为猪。这类故事的教化倾向极为明显，已近乎咒骂，即所谓的"现世报"。从叙事艺术的角度来说，这类故事往往是最粗陋的。

清代聂璜的《海错图》中有一种水陆两栖的猪妖，它在岸上时是野猪的样子，喜欢吃田里的稻谷。据说其前世是懒婆娘，因此农民将织布的机杼和缝补衣服的针线放在田里，野猪看到后就会迅速离开——这曾是它最为厌恶的活计。当野猪入海之后，身体会发生剧烈的变形，这种跨物种的变形在古人眼中简直是常态："入海化为巨鱼，状如蛟螭而双乳垂腹。"这种怪鱼还保留了女性的特点，名曰"懒妇鱼"。在一系列复杂的转化之中，可以看出人们对野猪的认知。对野生动物的妖魔化由来已久，尤其是生性凶恶、相貌丑陋、为害一方者，更是难逃妖魔化的厄运。

到了晚清，又有诸多猪生怪胎的传闻，也被视为猪妖。清光绪年间的《点石斋画报》中有不少这样的传闻。比如《妖豕兆灾》一篇，说的是安徽芜湖有一农夫李朝龄，他家有一头母猪，产下一胎，有小猪若干，其中有一只"人首猪身，双目灼灼"，令人看了心生畏惧，全家人都很害怕，认为这是不祥之兆。不多久，村里遭了火灾，全村的房屋都被焚毁。这种怪胎同样出现在牛、羊、鸡、鸭等家畜家禽之中,应是"天人感应"思想在民间的泛滥。其说源于《尚书·洪范》,认为天与人相互感应,天能干预人事,人亦能感应上天;天子违背了天意,不仁不义,天就会出现灾异进行谴责和警告;如果政通人和,天就会降下祥瑞以鼓励。后来经董仲舒的宣扬,灾异和祥瑞成为历代不断上演的闹剧。而在民间,猪生怪胎也会被认为是不祥之兆。

值得注意的是,晚出的猪妖故事中,家猪似乎越来越多,而早期故事中以野猪居多。人类生存空间的扩张,山野猛兽的地盘愈发逼仄,孔武有力的野猪成精的故事,也鲜有出现。日常生活中的家猪成为故事的主角,惊心动魄的精神体验不再,而代之以日常琐碎,这是一种古老野性的衰微。

人面蛇身

在上古神话中,人面蛇身是常见的大神形象,伏羲、女娲都是人面蛇身。《山海经·大荒西经》中,女娲之肠化成十位神人。郭璞认为女娲是"古神女而帝者,人面蛇身,一日中七十变"。《淮南子》记载女娲补天的故事,远古之时有天塌地陷的灾祸,女娲"炼五色石以补苍天,断鳌足以立四极",使天下得以安定。

人面蛇身的还有烛阴、相柳等大神,在上古神话中有着显赫的身世。烛阴是钟山之神,又称烛龙,"人面蛇身,赤色,居钟山下"。烛阴的日常作息能够主导自然界的时序变化,"视为昼,瞑为夜,吹为冬,呼为夏,不饮,不食,不息,息为风,身长千里"。烛阴的眼睛一睁一闭,世间就是昼夜交替;一呼一吸,便成春夏秋冬,具有创世神的神格,与天地同在。

与之相似的,还有相柳。相柳九头人面蛇身,贪婪成性,九个脑袋分别在九座山上取食,所到之处皆为沼泽;

蛇精　（宋）《搜山图》残卷

◀ 白娘子现出原形　［日］宫尾茂 作
▶ 蛮家神　民间纸马　江苏宜兴

泽中水苦涩无比，人兽无法生存；后被大禹杀死，其血流遍地，导致五谷不生；大禹想用土把血盖住，前后三次都失败了，地块陷落，成为深池，可见其凶恶。

人面蛇身的形象，还带有一些原始风貌，这些怪神来自洪荒时代，裹挟着原始的莽力，面目狰狞，令人望而生畏。巨蛇的身子擎着一颗孤零零的人头，这种组合是极为怪异的。不过，也有更接近于人形的一种模式；宋代的《搜山图》里出现了人面蛇身的女子，其形状是一个女子的上半身，从腰部往下开始是蛇身，有了双臂和半个人身，就更接近于人形了。她在山洞里惊慌躲避；该图描绘的是民间传说二郎神搜山降魔的故事，神兵神将们耀武扬威地搜索山林中各种妖魔鬼怪，人面蛇身的蛇精也在其中。

蛇精的原型后来演变为家喻户晓的《白蛇传》的故事。冯梦龙的《警世通言》第二十八卷《白娘子永镇雷峰塔》，到了清代嘉靖年间又有《义妖传》《雷峰塔传奇》等。白娘子是女娲的苗裔，却已由神堕为妖。她后来完全变化为人形，在世间行走，但在端午节饮了雄黄酒之后还是现出了原形，她在俗世的经历充满坎坷。上古时代的信仰衰微之后，神的地位不再，便会出现降格，从女娲到白娘子，经历了由天上到人间的剧变。

人面蛇身的形象仍在民间秘密传递，这是上古信仰的一缕残存；江南地区有宅神名曰"蛮家"，是以家蛇为神。清代吴骞《桃溪客语》载："毗陵之俗，多于幽暗处筑小室祀神，谓之蛮宅；神形人首蛇身，不知所自始。"江南气候潮湿多蛇，蛮家神是一种邪神崇拜；民间纸马中有蛮家神的形象，一条盘旋的大蛇，顶着人头，与《山海经》里的一众人面蛇身的上古神明极为相似，只不过他们失去了通天彻地的神通，进入了寻常百姓家，成为守护家宅的俗神。

鲁迅《从百草园到三味书屋》里也写到过一个人面蛇身的美女蛇，"能唤人名，倘一答应，夜间便要来吃这人的肉的"；这里的美女蛇已经是害人的妖怪，在江南的夜晚，院墙上出现美女头颅，美目顾盼，眼波流转，成为少年心中挥之不去的阴影。

虾 精

清代学者郝懿行的《记海错》中记到了一种大虾："海中大红虾长二丈余,头可作杯,须可作簪,其肉可为鲙,甚美。虾须有一丈者,堪拄杖。"这种虾的头可以做杯子,虾须可以做簪子;还有更大的虾,虾须可以做拐杖。大虾之大,到了无以复加的地步。

在中国的古老故事中,物老则怪,变幻为人形,成为精怪,虾也是如此。最为著名的一个虾怪的故事,来自唐人段成式的《酉阳杂俎》。故事发生在武则天时,有个书生乘船出海去新罗,中途遇到风浪,被吹到了一个海岛上。当地人说这里是"长须国",国人不论男女,都有拖到地面的胡须。机缘巧合,书生被长须国的国王招为驸马,与其婚配的公主也有长胡须,这令书生耿耿于怀。直到有一天,老国王说长须国有难,非书生不能救,书生因此赶往龙宫,找龙王说情。原来,龙王的食物中新进了大虾,这些大虾,就是长须国的国人。龙王看在书生的面上,将大虾们放生,书生这才知道，自己被虾精魅惑了。

这个故事通常被称作《长须国》。明代小说家冯梦龙在编写《情史》时，几乎原样照录了这个故事，稍加删减，另拟了题目叫《虾怪》。这个故事模型，为中国古代海洋文化增添了虾怪的形象。故事的框架类似于《南柯太守传》之类的唐传奇，也是误入异类之国，被招为驸马，然后在大梦中醒来，富贵荣华、生离死别在一瞬间上演，令人不胜感慨唏嘘。

长须国的故事发生在新罗附近海域，即今朝鲜半岛一带。查附近岛屿，日本的北海道与之接近，北海道原住民古

大红虾　　（清）聂璜《海错图》

虾精 （明）仇英《揭钵图》 美国弗利尔美术馆藏

称虾夷，是古代日本的土著居民。虾夷是指他们毛发长如虾须，蓄长须是该岛的习俗，因此被异化为虾怪，该岛也被看作是充满神秘的虾国。明刊本《异域图说》中有虾夷人的形象，不难发现，浓密的胡须是虾夷人的显著特征。"虾夷"的称呼自公元七世纪末期叫响，借海上贸易传入中国，后经文人加工，最终成为光彩夺目的虾精形象。

变幻成人形的虾精是法力高强之辈，龙宫里的虾兵不计其数，多数化形未全，还保留着原身的状态。能看得出，它们正在努力向着人形靠近，平添了一些人的情态，以及凶狠恣怖之相。仇英的《揭钵图》里有一只虾兵，仍是虾的身子，却长出了双腿，脚掌上还有鸭蹼，这似乎符合了当时人对水中动物的设定。它的两只螯也变成了手臂，更出奇的是，它已知道羞耻，腰间还围着荷叶裙，或许这是一只淡水虾，它正在大踏步疾奔。

大虾的故事显然是海滨之民对海洋生物的夸张处理，海中大物历来受到沿海居民的崇拜，大虾当然也不例外。或许在那个时代真有异乎寻常的大虾——这类古老的庞然大物，在我们的时代已经消亡，或者隐遁起来。对大虾故事的追忆，无疑也是对一种古老精神的追忆，随着神话时代的远去，精神生活日益寡淡乏味。

民国神童的外星人图谱

一

民国时代,西方科学知识的传入,与旧有的世界观相互激荡,新旧交替的摩擦铿然有声。鲁迅在《科学与鬼话》中说:"捣乱得更凶的,是一位神童作的《三千大千世界图说》。他拿了儒,道士,和尚,耶教的糟粕,乱作一团,又密密的插入鬼话……但讲天堂的远不及六朝方士的《十洲记》,讲地狱的也不过抄袭《玉历钞传》。这神童算是糟了。"

鲁迅提到的神童,是指江希张。江希张(1907—2004),字慕渠,民国初年的神童,济南历城人,自幼聪慧异常,过目不忘。《三千大千世界图说》又称作《大千图说》,开头的小序中说:"神童江希张,山东历城江明经钟秀子也,生有异秉;一二岁而识之无,三四岁能弄翰墨,五六岁能注释经书,不费思索,下笔千言;且可译成外国文字,旁及四体书法、医卜末技,亦不学而精至。道、佛、耶、回各教经典

民国神童江希张

皆能解注其奥。即最近时务科学诸书亦可解其大意。非有宿慧,曷克如斯。"

神童的早慧,以及与年龄不相称的渊博,据说是源自所谓的"宿慧"。《大千图说》之外,还著有《道德经白话解说》《四书白话解说》《孔子发微》《息战论》等书行世,其中《四书白话解说》风行,印行达百万册,士林争相传阅,康有为读后大为激赏,收江希张为弟子。

二

《大千图说》刊刻于民国五年（1916），书中所写是宇宙形势，分作上界、中界、下界。按坊间传讲闻，江神童已然开了天眼，能够遍览天上地下，过去未来。这种蛊惑人心之说，在乡土中国颇有市场。

江希张在《大千图说》中写道："三界总形，如西瓜然，其中之子，则中界各星球也，其中之瓤，则中界各星球之空气与轨道也。"以西瓜作比喻，想来颇有道理。该书虽引入了一些现代天文学的知识，却也掺杂了大量中国传统中的糟粕。书中的"上界"，即道家神话中的天神居所；而"下界"，即民间传说中的阴曹地府，阎罗判官，牛头马面，刀山油锅，生前作恶之人，此刻正在地府中受到酷刑的摧残；而"中界"则相当于今人所认知的宇宙，除了太阳系之外，还有北极星系，南极星系，宇宙的图景渐次呈现。

在太阳系中，太阳最为明亮。书中说太阳"自转而不动移，乃恒星也"；但紧接着却说"其热力极大，人不能生，故太阳星君居焉"；并附一幅太阳星君的画像，袍服冠冕，俨然帝王之尊。在现代天文学的知识之上，又叠加了神仙之说，呈现出新旧观念混搭的局面。科学在本土化的过程中，难免夹带些中国的烙印，这位不怕高温的太阳星君，俨然是个尴

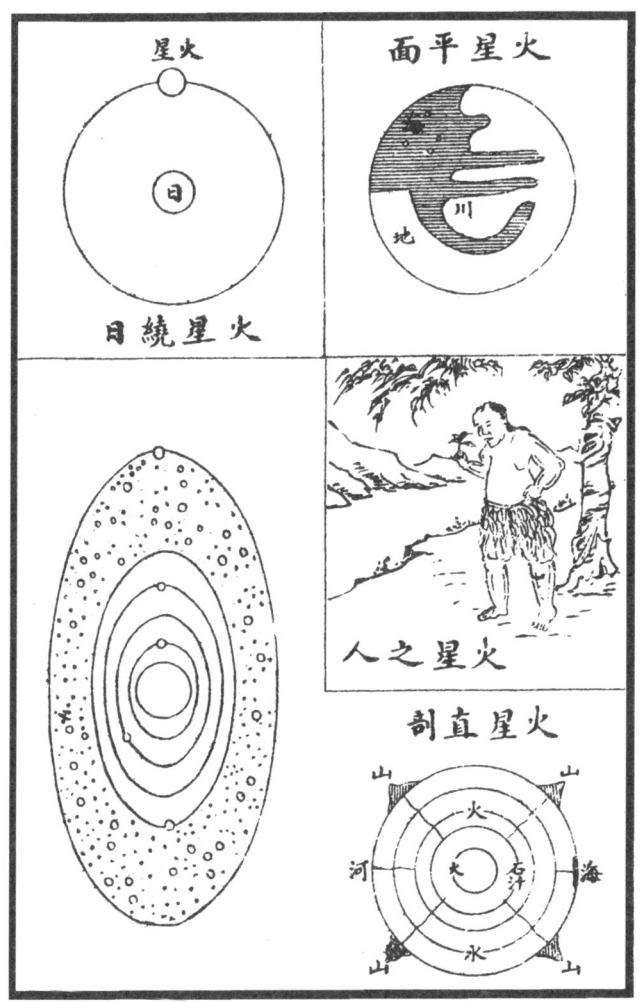

火星　江希张《大千图说》

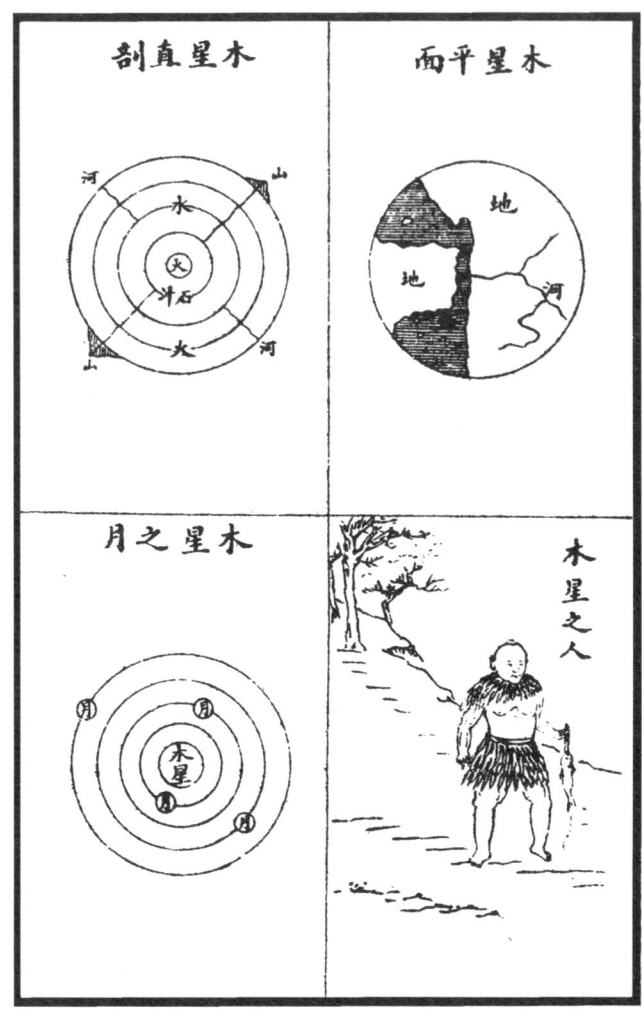

木星　江希张《大千图说》

尬的角色。

至于各大星球上的外星人,则更是奇诡。康有为在《大同书》中曾流露出对外星人的神往,江希张在康有为处看过《大同书》,或是受了影响。《大千图说》所绘外星人的形貌,除了三头六臂的畸形之外,更多的是长了翅膀,从双翼到多翼,数目不等,还有的头上长角,俨然鬼形。不难发现,《山海经》对海外神异国度的想象,为《大千图说》提供了一种可借鉴的样本,只不过《大千图说》把这种模式搬到了宇宙空间,整个宇宙都在其体系关照之下,昔日的殊方异域之国,如今改作了星球,虽掺入了现代天文学的知识,但实质几无大变。比如水星人平均身高五尺,说话像鸟叫,住在山洞中。金星人有双翼,能在空中飞行,入水火不伤,平均寿命五十岁,其文字刻在金刚石板上,足以不朽。火星人身高一丈,说话像老虎吼叫。木星人尚未开化,还处于蒙昧时代,以生吞野兽为食。土星人是高智慧生命,智慧如神,生活在洞穴中,以水果为食物。遥远的天王星和海王星则没有人居住。

而在更远的北极星系,也有外星人的踪迹,其相貌更为奇特。三师星人"胸有小空,可以入绳",这显然是受到了《山海经》中"穿胸国"的影响。天床星人站立时提起左脚,走路时用手揪着自己的双耳,"见其同类则笑,一人笑则群与之共笑;见猛兽则怒,一人怒则群与之共怒,种种奇

土星　江希张《大千图说》

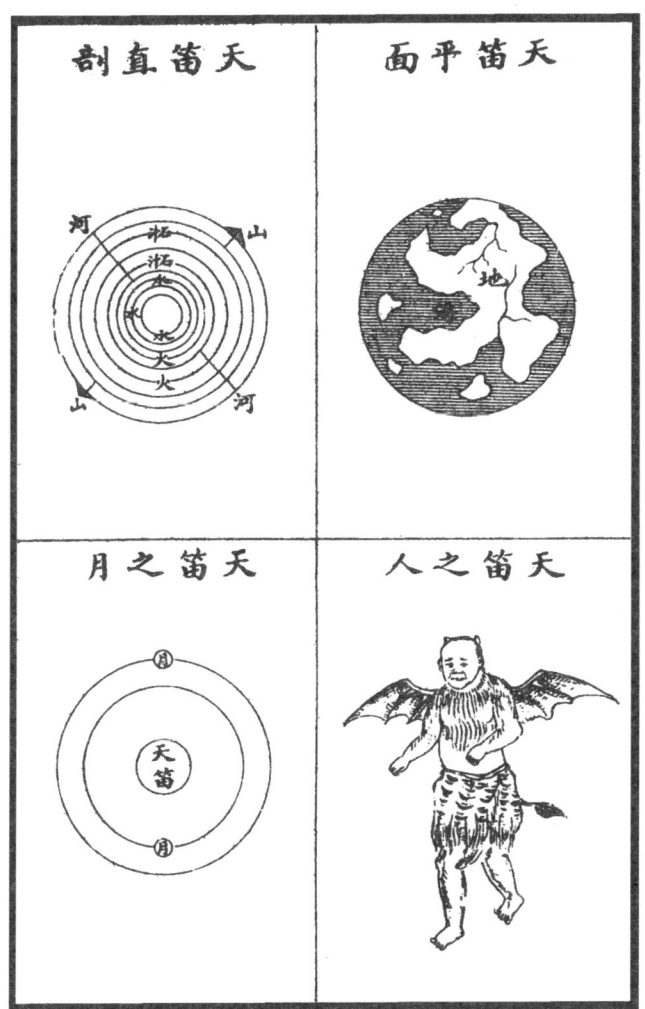

天笛星　江希张《大千图说》

态，不可胜数"。摇光星人"一手一目，有尾有角"，鼻子上有尖锐的锥，用来防身。在南极星系，有形似蝙蝠的天笛星人，又有树上筑巢的天鼓星人；而天箫星人六耳二翼，一手，一尾，头上独角。

这些外星人多半发明了属于自己的语言文字，虚构出一种语言，则更显出作者的虚构天赋；煞有介事地发明一种文字，用以佐证外星人的存在，同时又印证了作者的渊博。在写下这些记号时，他如有神助，仿佛外星真有这般文字，而他也坚信不疑。所示的文字，无非天、地、山、水等单字，旁注皆为汉字。为了造出这些文字，且不相重复，也确实费了些心思。这些外星文字又多为象形文字，以火星文和天笛星文为例，几乎与中国古代的象形文字无异，只不过形状稍作变化、可见，中式的外星文明想象，仍有些难以跳脱的窠臼，其破绽显而易见。

三

《大千图说》刊行后，次年（1917）的重刊本《自序》中说："小子以十岁乳臭童儿，讵敢直言无隐，为世所攻击。"可见其处境之不妙。鲁迅等人的攻击，无意中为《大千图说》的流传做了助力，时人都欲得此书一观。《大千图说》的风行，或也正因其怪诞的奇趣，早在一百多年前，就

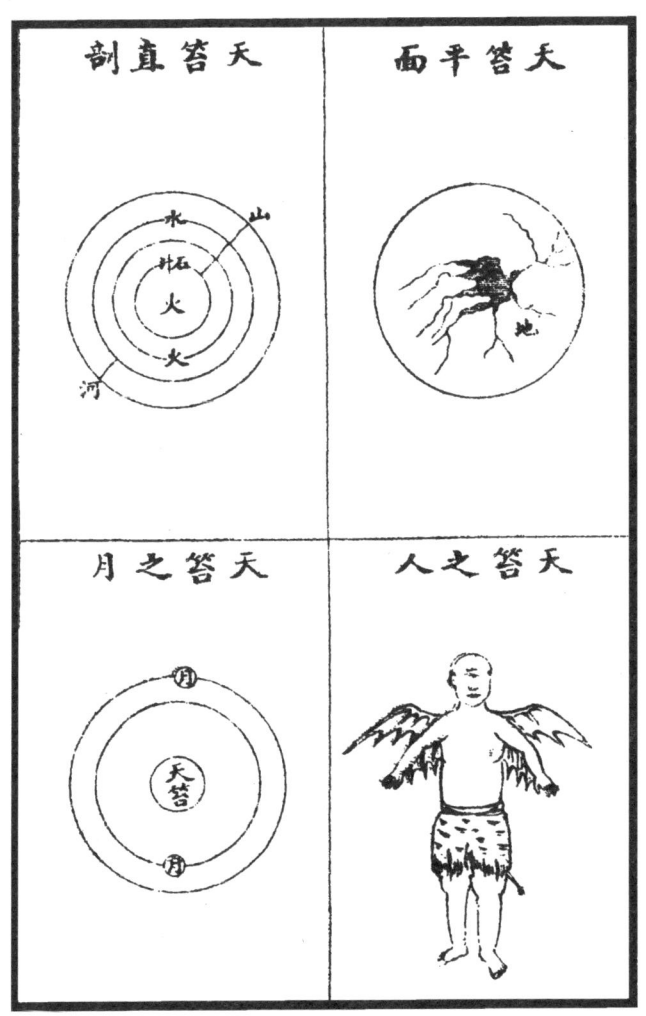

天笤星　江希张《大千图说》

有人开始想象外星生命的状貌,并有着包罗宇宙的野心,繁复而又不乏精致的结构设定,终于在内心深处虚构出一个宇宙。

《大千图说》的种种谬误自然不可取,但作为一部罕见的外星人图谱,其略显笨拙的想象力显得诙谐而又可爱。晚年的江希张对该书矢口否认,称该书是他人冒名之作,借神童之名牟利。真相是否如其所言,已成为一桩悬案,难以稽考。

不过,我更愿相信《大千图说》出自一个孩童之手——当科学普及之时,少年时代的一场梦幻已显得不合时宜,新旧观念交接处的卯榫已然松动、剥落。曾几何时,纸页上的外星人在暮晚的穿堂风里飞动,生有双翼的外星人,似要振翅飞去。这场大梦,醒来时却已颇觉荒唐,这一切,只宜当作是昔年旖旎的梦境,这梦曾与现实互渗,真与妄的边界曾在这里暧昧不清。

遥想一百年前,在济南历城的江家老宅里,长夜里踱步于火柴盒似的庭院,一个孩童正在仰面观天,星月之光把他的脸照得白而亮。或许,世界,宇宙,外星生命,只不过是一个九岁孩童心头稍纵即逝的幻象。

发 妖

二月二，龙抬头。这一天理发店生意兴隆，许多人在排队理发。民间有"正月不剃头，剃头死舅舅"之说，人们在农历新年之前理了发，过了春节，整个正月里都不理发，只等出了正月才理。"死舅舅"当然是无稽之谈，民国二十四年（1935）版《掖县志》载："闻诸乡老谈前清下剃发之诏，于顺治四年正月实行。明朝体制一变，民间以剃发之故思及旧君，故曰'思旧'，相沿既久，遂误作'死舅'。"原来是清代剃发易服之后，民间多有人思旧，讹传为死舅。

虽是讹传，却已沿用为习俗。人们在正月里不理发，或因正月里寒冷，留发可以保暖，不宜剪短，自有其合理的一面。而当二月二的晚上，二十八宿中的角、亢、氐、房、心、尾、箕七宿组成的龙形星座的"龙角"部分就从东方地平线上露出来，谓之龙抬头。这也预示着春回大地，万物复苏。一年之计在于春，二月二这一天理发，也是为一年开个好头，以新的面貌迎接新的岁月。

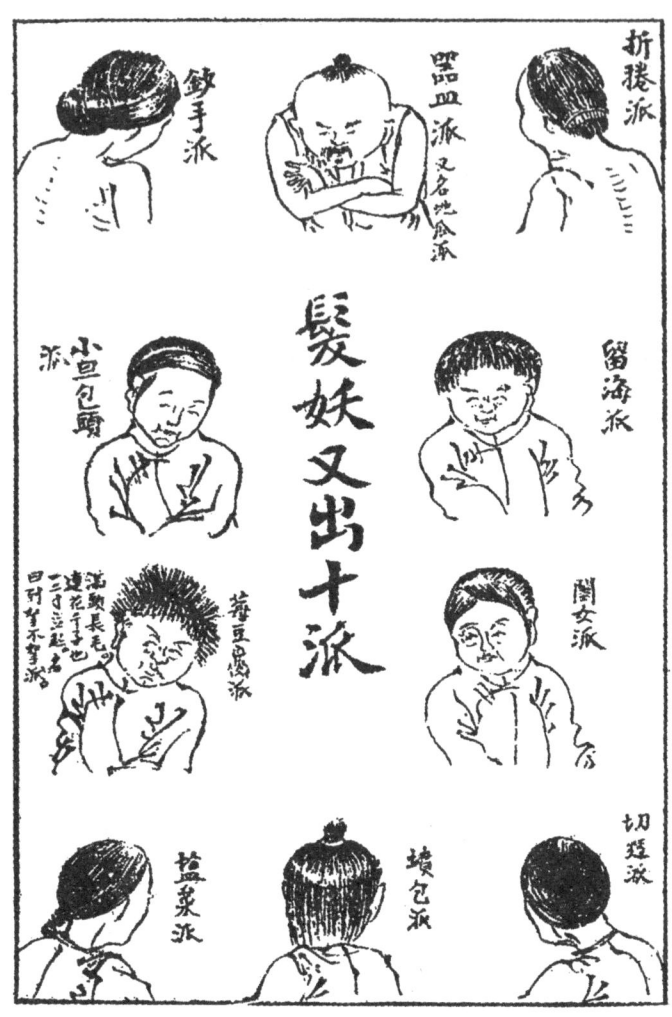

发妖　1912年《通俗画报》

俗话说，新头丑三天。三天之后，大家就都适应了。剃发易服这样的大变，没多久也都适应了。清初有许多人哭着喊着不肯剃发，到了民国，又有许多人哭着喊着不愿剪去辫子，前后相较，令人颇难理解。

1912年的《通俗画报》称新发型为"发妖"，当时正是民国元年，剪辫之后，奇异发型层出不穷。《通俗画报》作《发妖又出十派》一图，绘十种奇异发型，谓之十派，分别是：折卷派、器皿派（又名地瓜派）、钞手派、留海派、小旦包头派、闺女派、莓豆腐派、切面派、坟包派、盐菜派。这十种发型是当时的新派，故称之为"发妖"，也算是妖怪家族的新成员了。

来细看《发妖又出十派》中的十种发型，倒也并不稀奇，只是在当时的环境之下觉得新鲜。"折卷派"似乎是将脑后的长发卷起来箍住，像是剪辫之后生出的新发，不知如何安置，就势处理一番。"器皿派"是在头顶心扎了一个鬏鬏儿，像个茶壶盖。"钞手派"是两股长发在脑后打结，就像两只手抄在一起。"留海派"就是在前额蓄了一层短发，遮住额头。清代男子剃发扎辫子，是要剃光前额的头发的，后来这个禁忌取消，就任由前额头发生长了。"小旦包头派"是指像京剧里的旦角一样，用包头布包住前额。"闺女派"是左右交叠的斜刘海。"莓豆腐派"是指满头长毛直竖起来，像南方名吃霉豆腐发酵以后长的毛一样。"切面派"是指像切好的面条一样,盘成一盘。"坟包派"与"器皿派"类似,只是头发比"器皿派"多,中间鼓起。"盐菜派"是指像盐渍的蔬菜一样,又皱又脏的一束。

这些发型有男有女,又以男性为主,无所适从的头发,正是一个时代的写照。

卷二

舶来舶去

如何想象中国怪兽

一

在遥远的东方,凤凰的双翼切割着薄暮时分的弧光,致使黑夜提前降临。想象中的古老帝国,其疆域仿佛永无休止,绵延几万里的广袤空间,正被珍禽异兽填满——它们的个头,几乎都像吃了酵母,松鼠也变成了骇人的巨兽,乔木结出的球状果实,足有半人高,两个人合力才可勉强抱起,似乎只有把动物和花木身形一再拉伸,才能与帝国土地的丰饶与瑰奇相称。而在海滨,还有大口吞食鱼虾的海马兽,在南海,水中冒出肥硕的莲梗,瞬间生出叶片,有女神趺坐在团叶之上,由她统辖这片风雨海域,就在她的身后,有海中大鱼变成飞鸟,掀起了冲天巨浪,暴雨多日不曾止歇。

在基歇尔的图像描绘中,最引人注意的就是这些来自中国的珍禽异兽,他所描述的中国让我们甚感陌生,正如凸面镜中的形象,令人错愕难当。萨义德就认为,东西方文化之间的理解是不可能实现的，其本质只能是一次对视，一种捏造，一场想象，是把对方妖魔化的过程，相互理解无从谈起。

基歇尔何许人也？这是个陌生的名字，与和他同时的利玛窦、汤若望等闻名遐迩的教士相比，基歇尔似乎更向往中国，他主动要求去中国，却未能成行。他的主要信息来源，是卜弥格、卫匡国、白乃心、金尼阁等几位传教士，他们给他带来中国的消息，也包括和中国有关的图像史料。据说基歇尔还曾临摹过《三才图会》《山海经》等中国古书里的图像，这些来历不明的古书，据说是由他的学生卫匡国带回欧洲的，基歇尔见了，如获至宝，认为掌握了这些图像资料，也即认识了中国。

图像中的中国，令基歇尔心驰神往。可他哪里知道，这些来自中国的古籍及其插图，并非实录，也同样是诞妄的幻象，再经基歇尔的发挥，中国的风物已然扭曲。虽然舛讹百出，但正是这些可爱的谬误，使得基歇尔又重新焕发光彩。在所谓的科学理性的时代，终日面临工业般的精准流程，个体精神的行迹近似于水土流失。基歇尔对神话国度的狂想，带来震惊的体验，至少，还有人是不同的，其头脑不入规矩之中。

《中国图说》也即China Illustration，是一部图文并茂的大部头，图和文均出自基歇尔之手。基歇尔对自己的才能也

▲ 龙虎斗　[德]基歇尔《中国图说》
▼ 巨大的松鼠　[德]基歇尔《中国图说》

颇为自负,经常把自己的形象画在书中,与古圣先贤并置;与此同时,他又是谦逊的,他把自己安置在角落里,是知识人的自信,亦是不自信。

二

十七世纪的欧洲,如何想象中国,是一个诱人的话题,中国似乎是悬空的——东面和南面被大海包围,洋流和暗礁拱卫着帝国,远来的船只倾覆于波涛之中,又有来路不明的海中怪兽,向远来的舟楫喷洒水沫。在西部边陲,又有着茫茫大漠的阻隔,流沙令商旅沉陷。在北部,还有长城拦挡南下的马蹄。中国位于不可抵达之处,即便冒着重重危险来到这里,洋人的面孔也会被辨认出来,藏匿洋人即会获罪,外来者照样无路可行。

想象中的中国,来自道听途说,得自流言,几经辗转,成为图像。说到遥远的中国,基歇尔感到难以下手。他在《中国图说》的扉页写道:"它是如此之大,以至还没有人能够确定它准确的疆界。"超越经验之外的神秘国度,使他感到无力;几乎与此同时,想象异域的狂热变得不可抑制。他用最为精细的铜版画技术,反复描摹着他未曾得见的东土,技术与所指对象之间,存有天坼地陷般的落差。

与基歇尔的自信背道而驰的是,他在描述中国时,又完

会飞的绿毛龟　　［德］基歇尔《中国图说》

全采信道听途说,以随意发挥为能事。即便他对中国的认知,多半仍停留在马可·波罗游记中的时代,尚且分不清鞑靼与中国的关系,但这并不妨碍他在笔下描绘出中国的街道、建筑、人物、衣饰、山水,以及更为吸引人的动物和植物。"世界上只有中华帝国才有那么多的城市,多得几乎数不清,它们很繁荣,很多城市大到可以被看成一个省,到处都是城镇、堡垒、别墅、宫殿和寺庙。"除此而外,万里长城更像是苑囿的高墙,其中包裹着重重宫室,外人难窥其秘,但见黑不透光的檐角振翅飞上天空,切割着夜晚。

> 柯勒律治亦曾梦见自己插翅飞到上都忽必烈的皇宫中——元上都(Xanadu)一词在英文中也有"世外桃源"之意。醒来后,柯勒律治确信自己在梦中作了一首三百行的长诗。凭着记忆,他记下了其中的一个片段。柯勒律治不知道,当年忽必烈正是因为曾梦到了这座皇宫,才让人在元上都中依样建造了一座与梦中所见一模一样的宫殿。①

法国人热拉尔·马瑟的描述,无疑给"梦游中国"提供了一种更为古老的样本——在欧亚大陆的两端,同一座宫殿出现在两个人的梦里。梦中宫殿的来历显得可疑,诗人用诗歌见证并欢喜赞叹,君王则耗费民力将其建成。应该说,这二人都在对梦中的宫殿进行模拟(simulation)。同样,博尔赫斯在《探讨别集》中也写到了柯勒律治之梦,同一个梦境,出现在柯勒律治和忽必烈的夜晚。宫殿飘浮在他们头顶的黑暗中,随着呼吸而荡漾,直到黎明的白光迫近之际,梦中的一切才会化作碎片,消融在初升的晨光里,大梦醒来,

---

① [法]热拉尔·马瑟:《量身定制的幻想》,华东师范大学出版社2010年版。

不知身在何处。

值得注意的是，只有梦中的宫殿才是真实的，真实的存在反而成了虚幻之影，这实在是难以破解的悖论。基歇尔对中国的视觉再现，虽然显得怪诞不经，可我们却宁愿相信，确有这样一个与我们平行的时空存在，与我们的时代并行不悖，正如触手可及的梦境。

三

对中国的想象，就像基歇尔满无休止的梦境，在夜晚内部的黑暗中裂变出新的胚芽，旋即长成参天的华盖，中国的细部在叶底一一翻开。基歇尔写道：

> 在广东省发现有四只眼睛和六条腿的海怪，样子像龙虾，它们同牡蛎生活在一起，可以看到它吐出珍珠。如果进行比较，我应说这是一种海洋蜘蛛。它的身体类似甲鱼或带电的鳐鱼，背上有四只眼睛，还有甲鱼一样的四条腿，它用它们划水，但不用它们走路。[①]

对海蜘蛛的记载，同样见于明人黄衷的《海语》："海蜘

---

① ［德］阿塔纳修斯·基歇尔：《中国图说》，大象出版社2010年版。

蛛巨若丈二车轮，文具五色。"基歇尔所描述的，不知是不是得自南海之滨的秘传故事。对异域怪兽的想象，超出了日常经验，他落笔时的语气显得毫不迟疑。只有如此，才会与异域的神秘相称，久而久之，连他自己也相信自己笔下所写的就是真相。来华传教士的见闻，在传回欧洲的途中发生畸变，怪诞不经的新物种在语言中滋生。它们通常有着更为密集的器官，相应地，还要有更为凶猛的秉性；当然也要身怀稀世珍宝，如此这般，才能满足猎奇的需要。

在西方读者眼中，基歇尔描述的未知世界是由闻所未闻的动植物填充的，俨然神话中的国度。即便如此，也少有人表示怀疑，毕竟，几乎没有人亲历，人们对遥远的东方还不敢轻易评价，稍许的怀疑，都怕落后于时人。当时，谈论东方是极为时髦的话题。

或许基歇尔是对的，他对中国的想象，大多来自自由发挥，地域的阻隔致使信息不畅，这使他更加放心大胆。虽然如此，他仍相信自己笔下描绘的是实有的生物，它们生存在不可知的时空之内。基歇尔也看破了时人的心思，不管多么离奇，都会有人忙不迭地随声附和。在读者的助力之下，六条腿的海怪在复述的过程中也会继续裂变，变成十二条腿，这恐怕是基歇尔始料未及的，他的读者远比他更大胆。于是，中国的动物愈出愈奇，在欧洲人的讲述中不断变形。

多少年后，英国马戛尔尼使团出访大清，使者们在乾隆帝的授意之下,目睹了一场新编剧目《四海升平》。在避暑山庄的行宫中,大剧开幕了,在使团成员看来,剧中展示了帝国陆地与海洋的动植物,这令他们颇感惊奇,当然也错认了不少:

> 就我所能理解而言,我认为它表演的是海洋和陆地的婚姻。后者展示她的各种财富和产品,龙、象、虎及鹰,还有鸵鸟、橡树、松树,及其他各色各样的树。海洋不甘落后,而在舞台上倾吐他境内的财宝,有鲸和海豚,小海兽和大海兽,以及其他海怪,此外有船只、礁石、贝壳、海绵及珊瑚,都由隐匿的演员表演……他们左右排开,给看似指挥官的一头鲸鱼让出地盘,让他大摇大摆出来,他站在正对着皇帝包厢的位置,口里喷出大量的水射向大厅,水很快从地板孔隙里消失。这突然的喷吐得到很大的喝彩,我身边的两三个大人要我特别注意,同时重复喊:"好,真好!"(Hao, Kung hao!)

乾隆精心准备的《四海升平》原有怀柔远人之意,剧中的各路神仙开辟水路,为英吉利使臣回国斩杀各路妖魔,海上的道路已然打通。乾隆本人也深信,帝国的声威无远弗届,在他的意念中,遥远的西洋也在其囊橐之中。而在语言不通的英国使团那里,只看到了满台飞舞的动物——由人扮演的各式海中鳞介，仿佛随着波浪上下，虽然不明就里，却也看得津津有味。

四

类似的变形，在古代中国也有相似的例子。中国想象外国，也大抵如此，这与欧洲人想象中国的方式形成了镜面似的对称。十九世纪英国汉学家威妥玛来华时得到一部明刊本的《异域图志》，这本书引起了威妥玛的兴趣，多年视若珍宝。书中详载海外国度，多有怪诞不经者。比如独眼生在后脑的"后眼国"，浑身毛发的"长毛国"，还有一首三身的"三身国"，尖嘴双翼的"羽民国"，人面鱼身的"氐人国"，多有沿袭《山海经》中的海外方国的模式，不过更多的是新的变体，加入了明代对海外世界信息的重新梳理。

航海带来的模糊的印象，道听途说的传闻，都在纸上落地生根，满足了人们对外部世界的想象。海外神异国度的子民，多是身体畸形，或者半人半兽，显然，这是来自"中央之国"的偏见。在古国的潜意识里，只有天朝上国的子民才是正常人，四野八荒的夷狄尽是不开化的野蛮人，他们的身体也在随着空间的邈远而衰减，成为骇人听闻的野蛮人。

基歇尔所操控的变形术，却对中国保持了敬意，但却在宗教的语境下颇有微词。他认为上帝的光辉没有照耀到这里，

"正义之光还没有照射到他们身上……巨大的习惯力量与迷信,以及恶魔的奸计都依然存在着"。在这种观念的驱使之下,对妖异与邪魅的想象从未止步。

五

作为写作者,基歇尔也是古老的范例。他的书首先在知识界引起巨大反响,成为了解东方的窗口,甚至成为汉学的源头。而在大众读者那里,又因奇趣而受到欢迎。《中国图说》在欧洲出版后,图书馆里的藏本都被人们撕去了插图——那些铜版画的插图太精美了,足以令那些前来图书馆的市民心痒难搔,趁着图书管理员昏昏欲睡之际,把插页偷偷私下,藏匿在贴身的口袋里。基歇尔的多数著作,都得到了这般礼遇。

基歇尔写《中国图说》耗去了多年的时光。那时节,他埋首在中国的石碑拓片、方块汉字和来历不明的中国纹样。他起身,反手捶打酸麻的脊背,此时,历史的指针已经指向了公元一六六七年的岁末,《中国图说》的书稿已成,新镌的铜版也在薄暮时分的夕照中翻开了千沟万壑,柔顺的线使基歇尔想起了故乡富尔达(Fulda)的农田,密集的田垄,随着地势翻腾出波浪,与他今日所作何其相似——同是来自季节与大地的讯息。万物生息繁衍,各自遵守秩序,即便是想象中的东方,也在按照设想中的程序运转。

六

那时节,基歇尔虚构出一个世界,又对其信之不疑,包括他的读者们,也都开始对中国津津乐道。在给教皇的信中,基歇尔称这本书是"我的新作,也是我智慧的结晶",他也已经不年轻了,此时的他六十六岁。窗外是罗马城的街市之声,他起身关闭了窗户,雕花窗格里有尘埃泛起,把那些喧闹挡在了窗外。

人形植物简史

近年来频频有人形植物的新闻出现，多是何首乌、人参等块根状植物的根部。这些人形的块根多有和人类体貌相近之处，在拔萝卜时，也常看到尾端分叉的类人状态。在民间语境中，这种人形的植物被认作是"草木成精"，并认为这类植物具有补益之功效。在神话传说中，甚至认为这种植物能使人长生不老，附会出"仙药"的功能，这使得人形植物成为颇具魔性的一个话题。鲁迅在《从百草园到三味书屋》中就曾写道："有人说，何首乌根是有像人形的，吃了便可以成仙，我于是常常拔它起来，牵连不断地拔起来，也曾因此弄坏了泥墙，却从来没有见过有一块根像人样。"

神话史学者袁珂认为，动植物成精都是上古神话的孑遗，是洪荒时代的先民们"物我混一"的自然想象；只不过植物这一脉的神话后来日渐衰微，只在民间保留了些碎片。比如董永七仙女故事中的老槐树开口说话即是一例。古神话的遗留，进入民间传说，余韵不绝，人形植物有着更为深远的传统。

曼德拉草　据《健康全书》

除了上古神话的影响，还有一种鲜为人知的外来传统，激活了帝国人形植物神话的古老记忆，使人形植物的神话更加光辉夺目。在欧洲，有很多人形植物的传说，其中有一个故事，流传较广。说的是一个遭受绞刑的男子，蒙受了不白之冤，他死后，滴下的尿液和精液渗入土地，然后生出了一种半人半草的未知生物，叫作曼德拉草，有着人形的块根。拔出这棵怪草，就会看到人形；而地上部分的绿叶，倒像是人形头顶的装饰物。这种植物具有强烈的致幻功能，常被用作女巫的魔法活动。

采撷曼德拉草却是极为危险的，在拔出曼德拉草的刹那，其人形的部分将发出尖叫，听到尖叫的人将会受到诅咒，轻则变聋，重则精神失常、死于非命。《罗密欧与朱丽叶》中，朱丽叶死前喝了一瓶毒药水，在喝之前她就说听到了曼德拉草的尖叫。莎士比亚这样描述死去的过程："一阵昏昏沉沉的寒气通过你全身的血管，接着脉搏就会停止跳动，没有一丝热气和呼吸可以证明你还活着。你的嘴唇和颊上的红色都会变成灰白，你的眼睑闭下，就像死神的手关闭了生命的白昼。你身上的每一部分失去了灵活的控制，都像死一样僵硬寒冷。"正因为曼德拉草的尖叫如此危险，根据伊利亚德的论述，有一整套仪式，作为采撷曼德拉草的标准动作：

星期五的夜晚，带上黑狗，用蜡丸堵住耳朵，用绳子将曼德拉草套住，绳子的另一端系在狗身上，站远后将肉扔出。饥饿的狗会扑向肉，与此同时为了盖过尖叫声要吹响猎号，狗连着绳子顺势就把曼德拉草连根拔出了。狗因为听到了尖叫声就毙命了。等尖叫声一过，你就可以跑去捡来完整的曼德拉草。

欧洲的古手稿中保留了大量关于曼德拉草的资料，包括用狗做替身采集曼德拉草的仪式，也有生动的描绘，可见这一传统的强大。因为音译不同，曼德拉草又常和同属茄科的人形植物曼陀罗相混淆，服用之后，曼陀罗可令人出现幻觉，同时具有催眠和麻醉之功效。据说华佗的麻沸散的主要成分就是曼陀罗花。在中国古代的笔记中，我们可以看到曼德拉草传入中土的踪迹。宋人周密《癸辛杂识》中有"押不芦"一条，据载：

回回国之西数千里地，产一物极毒，全类人形，若人参之状，其酋名之曰"押不芦"。生土中深数丈，人或误触之，著其毒气必死。埋土坎中，经岁然后取出曝干，别用他药制之，每以少许磨酒饮人，则通身麻痹而死，虽加以刀斧亦不知也。至三日后，别以少药投之即活。盖古华佗能刳肠涤胃以治疾者，必用此药也。

大食国　明万历刻本《三才图会》

周密记载的押不芦,即曼陀罗花的阿拉伯语音译。曼陀罗花由阿拉伯人经由海上丝绸之路传入中国,被视作神异之物,这也是海上交流史的重要见证。

除了块根像人的曼德拉草,人形植物还有另外一种形态,姑且称之为"大食国"模式。唐人段成式《酉阳杂俎》载:"大食西南二千里有国,山谷间,树枝上生花如人首,但不语。人借问,笑而已,频笑辄落。"明刊本《三才图会》据此刻有版画一幅,画面中有一棵树,树上生有七枚人头。这一形象疑为曼德拉草传说的变体,人形的结构在传播过程中发生了由下至上的位移。明代以后,"大食国"的故事传至日本,被日本人称之为"人面树"。日本妖怪画家鸟山石燕《今昔百鬼拾遗》中有"人面树"一帧:一棵粗树分出一些树杈,每个树杈上结着果实,每个果实在树叶的簇拥下露出孩童般的笑脸。释文曰:"有山谷,其花如人首,不语唯频笑。频笑则花落。"这与《三才图会》文字极为相似,可见其源流。

据日本汉学家中野美代子考证,段成式的记载出自唐人杜佑的《通典》,而杜佑又是从同族杜环那里得知的。杜环曾于天宝十年(751)随高仙芝出征中亚,败于阿拉伯,被捕后被带到了大马士革,十年后脱困,经海路回国,著有《经行记》,已失传。所幸杜佑《通典》对其多有引用,可略窥一斑。杜环或许在阿拉伯听到了曼德拉草一类的故事碎片,而在故事的多重转引和复述中，生出了新的"人面树"。杜环的经历本身就是传奇，他海上奔波万里带回来的故事，为人形植物增添了新的异域经验。

值得一提的是，《西游记》中长在树上的"四肢俱全，五官兼备"的人参果，也是由大食国的形象发展而来。自此，人形植物由致幻剂升级为长生不老的仙药，虽生在树上，但其名为人参果，于是又挪移为中药人参的"人参娃娃"的传说。我们今天对人形植物所抱有的神秘感和敬畏心，也多是由此而来。

大唐幻术

一

唐朝是一个开放的时代，当时的国都长安是国际大都市，外国人的面孔在街上随处可见。外来的秘密教派催生出一大批神秘人物，与本土的能人异士争相登场。有道是"外来的和尚会念经"，那些来自万里之外的神秘国度的神秘僧侣，人们宁愿相信他们有着异乎寻常的神通。

番僧多有奇术，有些番僧能刺破肚腹，拉出肠子，或者拿出脏腑展示，然后一一塞回，观者无不称奇。此举无非是炫示神迹，蛊惑信众。这一幻术在唐高宗时曾被禁止。据《册府元龟》载："蕃人欲持刀自刺，以为幻戏。帝不许之，乃下诏曰：'如闻在外有婆罗门胡等，每于戏处，乃将剑刺肚，以刀割舌，幻惑百姓，极非道理。'"然而，这类幻术仍然屡禁不止，在婆罗门教派的传播中，仍有这类表演。

《太平广记·幻术二》载，唐太宗贞观年间有个从西域来的胡僧，能用咒术把人咒死，转瞬又能把死人咒活。唐太宗选拔武士前去做实验，都被这个胡僧咒死，转而又被咒活。当时人们皆以为是奇术，唯独太长少卿傅奕认为这是邪术。他说："臣闻邪不犯正，若使咒臣，必不能行。"结果胡僧一试，果然咒术不起作用。

唐人段成式的《酉阳杂俎》中还提到了梵僧难陀，故事发生在唐代宗时。魏国公张延赏镇守四川，难陀带着三个尼姑入蜀，一路狂歌饮酒，又命三个尼姑为戍将跳舞唱歌，音声婉转，举手投足莫不应和节律。哪知难陀喝酒兴起，夺了戍将的配刀，将三个尼姑全部砍死，血流满地。戍将大惊，刚要把难陀捉起来，结果发现地上哪里是三个尼姑，分明是三根竹竿，再看方才的血迹，正是尼姑喝下的酒。这才知道，三个尼姑正是难陀用三根竹竿变幻而来。

用今天的眼光来看，这些外来的僧侣，应该是文化交流的先驱。他们一路东进，抵达大唐的腹地，带了幻术的同时，也使帝国的百姓知晓了来自疏方异域的消息。

二

宫廷中的幻术表演可追溯到夏桀时。夏桀曾"大进倡优烂漫之乐，设奇伟之戏"，是上古巫术的孑遗。汉代宫廷又有所谓的"百戏"，其中有幻术表演。再到后来，幻术又与神话人物紧密联结在一起。

唐朝推崇道教，玄宗皇帝最喜招罗道家的奇人异士，四处寻访之下，终于寻得张果、叶法善、罗公远等人。凌濛初《初刻拍案惊奇》中有《唐明皇好道集奇人》一篇，写到了这些高人出入宫禁，互相斗法的情形，实则是对唐人志怪的进一步演义。现在来看，叶法善、罗公远等人的斗法，几乎是唐代幻术的集中演练，他们之间的几场对手戏，也可看作是唐代幻术的最高水准。

张果即八仙中的张果老，他有一头毛驴，"日行数万里，到了所在，住了脚，便把这驴似纸一般折叠起来"；到了要用毛驴时，只需用水一喷纸毛驴，就立刻变成真毛驴。玄宗给张果毒酒，张果喝了牙齿变黑，但不久又长出了新牙齿，安然无恙。道士叶法善知道张果的来历——混沌初分时的一个蝙蝠精。

适逢元宵佳节，玄宗在上阳宫观灯火，请道人叶法善一同来看。叶法善说，今夜的灯，要数西凉府最为热闹。于是带玄宗腾云前往，片刻即到。玄宗身边无钱，只拿着铁如意，押在酒家，买了酒菜吃。回宫后，玄宗派人到千里之外的西凉府寻访铁如意，果然在酒楼找到，这才知道不是障眼法。后来叶法善又带着玄宗去月宫中游览，听得仙乐，玄宗暗暗记下了谱子，这便是后来闻名遐迩的《霓裳羽衣曲》。

武惠妃带来奇僧金刚三藏，与玄宗身边的叶罗二法师斗法，实际上是佛道两家的较量。金刚三藏取一袭袈裟，放在箱中，层层枷锁，然后命金甲神人看护，请叶罗二人取出袈裟，取不出算输。罗公远说已经取走，开箱便不见了袈裟，罗解释说，这些护法神只是小道，至于太上至真之妙，就不是一般术士所能知晓的了。原来罗公远请了无形无质的玉清神女取来，所以不知不觉。众人皆服罗公远之能。

《朝野佥载》还提到了唐高宗时的幻术大师明崇俨，唐高宗知道他有幻术，便要试试他，命人在宫苑中做一地窖，让宫女们藏在地窖奏管弦之乐。随后叫来明崇俨，说："此地常闻弦管，是何祥也？"明崇俨手写了两道符，钉在地面，奏乐声就停了。事后，皇帝叫来宫女们询问，宫女们说，头顶上出现了两个龙头，张牙舞爪，"遂怖惧不敢奏乐也"，唐高宗听了，深为叹服。

宫廷里的幻术盛宴，成为帝王日常生活中的一部分。宫苑是一只金碧辉煌的巨大鸟笼，禁锢在其中的皇帝，对外部世界有着强烈的好奇心，幻术带来的奇异经验，使皇帝看到了帝国的广袤无垠，奇人异事有着足够的土壤。上有所好，下必效之，在皇帝的带动下，唐代的王公贵族也多喜幻术，成为一时风气。

杯渡禅师　明刊本《三教搜神大全》

万回　明刊本《三教搜神大全》

三

那些隐世的高人有时又会来到红尘中行走，虽然秘法不会轻易在人前显露。《西游记》中的孙悟空就因为在师兄弟面前卖弄新学的七十二变，而被菩提祖师责罚，甚至逐出了师门，可见这是一条颇为严厉的禁令。

不过，也有些高人为了显露神迹，故意在人前露出不可思议的幻术。当然也有些操行不足的修行者，格局境界不高，学了些皮毛就在市井间卖弄。当然也有些幻术是为了坑骗钱财，甚至伤天害理。

有一个"板桥三娘子"故事，说的是大唐元和年间，汴州西有板桥店，老板娘是个寡妇，人称三娘子。有位客人赵季和，住在了板桥店。赵夜里失眠，听到隔壁有动静，透过墙上的缝隙偷看，见三娘子正拿出一个木牛和木人，只有六七寸大小的样子。她给木牛和木人喷上水，木牛和木人就活了，便在灶坑前的一小块地上耕地，三娘子又拿出一袋荞麦种子，让木人种在地里，瞬间即发芽开花结籽，又指挥木人收割，磨成面粉。三娘子用这些面粉做成了烧饼，作为第二天的早饭。赵季和看在眼里，心里犯了疑惑，一早就跑出门去，在窗外往屋里偷看，只见那些客人吃了烧饼，倒地变成了驴子，三娘子把驴赶到了后院，把客人的财物据为己有。赵季和一个多月后返程，仍然住在了板桥店，到了第二天早上，三娘子端来了烧饼，赵说自己带的烧饼还没吃完。趁着三娘子出去拿东西，赵偷拿了一个三娘子的烧饼，换上了自带的烧饼。待三娘子进来时，就对三娘子说，这盘烧饼你端下去吧，我这里自带了，你也尝尝我带的烧饼吧。三娘子一吃，才知道中计，立刻倒地变成了一头驴。赵骑着这头驴游走四方，四年之后，路过华山庙，有一个老人在路边拍手大笑：板桥三娘子，你怎么落到了这般地步？老人抓住驴，对赵说，她虽然有罪过，但经过你这么一折腾，也够受的了，还是放过她吧。老人抓住驴嘴，"以两手擘开，三娘子自皮中跳出，宛复旧身。向老人拜讫，走去，更不知所之"。

  酒楼客店是红尘扰攘之所在，高人游戏世间，穿街过巷，时有出没，借此点化有缘。沈既济《枕中记》载，开元年间，书生卢生功名不就，郁郁不得志。这一日来在邯郸住店，遇到道士吕翁，据说吕翁就是吕洞宾。吕翁见卢生愁眉不展，就赠卢生一个枕头，让他先安睡。卢生入睡后，梦到自己科场得意，又娶了娇妻，一路扶摇，后来做了户部尚书兼御史大夫、中书令，封燕国公，富贵至极，终于在八十岁时因病不治，撒手尘寰。在卢生入睡前，店家在做黄粱饭，醒来时，黄粱还没有熟，有成语"黄粱一梦"，就是出自这里。这么短的时间内，便经历了一生，原来富贵荣华也不过只是一梦，何乃太匆匆。吕翁的枕头，俨然一个造梦机器，生发出诸般幻象,将卢生从人生大梦中惊醒。

一般而言,市井之中皆是日常的柴米油盐,并无新奇可言,只有生活在日复一日。能行幻术者厕身市井之间,为平庸的日常增添了传奇,许多人的命运因此而改变。

四

唐朝有个僧人万回,俗家姓张。他的哥哥在安西都护府当兵,也即今新疆一带。万回的家在虢州,今河南灵宝。安西远在万里之外,父母日夜思念万回的哥哥,万回便自告奋勇,让父母准备了带给哥哥的衣服干粮,他早上出门,傍晚时就返回家里,并带回了哥哥的音讯。这时人们才知道万回能日行万里,于是就称他为"万回哥哥"。玄奘取经归来时,听说西土的菩萨降生东土,名叫万回,曾前来拜望万回。万回日行万里的法术,道家称为缩地术,而万回后来入佛,佛家称此为"须弥芥子",是一种神通,能把千万里的空间转化为尺寸之间,轻松跨越巨大的空间阻隔。现在来看,也只有唐帝国的恢宏的疆域,才会有这等故事,若地域狭小,则会限制这种想象。

又有神仙索的空间术,是唐朝开元年间的事,始见于唐人皇甫氏的《源化记》。当时玄宗皇帝在位,常赐给百姓酒食物,嘉兴县的县司和监司各出节目,有意比试高低。狱中有一囚犯，自称会"神仙索"的把戏，于是监司将其带到戏场。只见该囚犯取绳子往空中一抛，绳子拔地而起，升上了半空，就像空中有人拽着一样。这个犯人爬上绳子，一直爬入了云端，连人带绳消失了，他穿越到了不为人知的所在。从此以后再也没有人见过他，他借助普通的绳子逃走了。越狱逃跑的花样千千万，这个囚犯算是独一无二了，其他囚犯只有羡慕的份儿。这个囚犯用的幻术即是神仙索，据说源自印度，而后世又称之为"绳技"。清代画家任渭长曾作《三十三剑客图》，其中有一图为《绳技》，描绘的便是神仙索的表演。可惜的是，神仙索和其他幻术一样，也失传了。

有唐一代，不单是唐诗，在那个包容而又多元时代，幻术又何尝不是一种观念的折射。唐代的经济繁荣，百姓的精神生活与审美情趣亦有了新的诉求。丝绸之路的贯通，也使得西域幻术涌入中土，在中外文化的碰撞之下，唐代幻术才有了灿然勃兴之象。外来文化的交流碰撞之下，幻术品类激增，与幻术有关的奇人异事也就越传越神。唐代幻术后来传到日本，称为"唐术"，可见其影响之深。

《山海经》怪兽的译法

美国旅行家威廉·埃德加·盖洛（William Edgar Geil）的《中国长城》（*The Great Wall of China*）是西方人对中国长城的首次徒步考察，从渤海之滨到西北大漠，一百年前的长城风貌在大量的历史影像中扑面而来。

盖洛喜欢新奇的事物。在他看来，中国长城首先是一种无可比拟的精神存在，而从文化层面来看，长城又可看作是中国的象征。随着长城考察的深入，盖洛一行切入了古国的腹地，除了与长城有关的影像记录，他还注意到了民间流传的谚语，比如"帮人帮到家，救人救到底"，"胳膊折在袖子里"，"没有金刚钻，不可揽瓷器"，都被译为英语，与汉语原文一并放置在《中国长城》的页眉上。

夹杂在书中的，还有十六帧中国怪兽的画像，颇能引人注意。这批画像每隔若干页即出现一次，与正文内容并无直接关联，只在每图下有小字注解，注明怪兽的名称及来历。这些怪兽皆来自中国古籍《山海经》。与传世的几种《山海

◀ 欢朱　［美］威廉·盖洛《中国长城》
▶ 双双　［美］威廉·盖洛《中国长城》

经》图本比较，《中国长城》中的怪兽风格似更接近明代胡文焕刊刻的《山海经图》。盖洛应该在途中得到了这样一个本子，或者是明刊本的翻刻本。但从画功上看，盖洛的描摹与原作相比几乎是失败之作，线条粗糙松垮，形象亦无清晰面貌，但他似乎意不在此。

　　这些画像夹杂在古长城的照片中间，在简短的图注中，盖洛偶尔会提及这些怪兽与长城的关系。比如在龙首神的图注中，他标记道："它生活在长城以北。"以长城为界，怪兽们或南或北,被分在了两个区域内。在盖洛看来,它们都围绕在长城周围,狰狞的面貌正是人文地理及民族志的必要构成。图像与正文的若即若离,为文本提供了平行空间;怪兽们与长城在空间上的并置,也使长城充当着某种分界;高墙的阻隔之下,它们各安其所,甚至老死不相见。

山精水怪是地方神灵,有着自己的地盘,它们多半是农业的,不时制造怪异事件,扮作神头鬼脸,吸引盲目的信众,它们是那个时代里令人敬畏的乡贤。这些怪物究竟是真实的存在,还是来自观念中的巨大虚空?盖洛的态度在这里暧昧不清,从他讲解怪兽的语气来看,他并未评价怪兽们的真实与否,他只负责描述。在怪兽中间,有四翅六腿而无头的帝江,还有人身龙头的计蒙,蛇身九头的相柳,肉翅鸟嘴的欢朱,以及半人半马的英招;而长城蜿蜒盘旋,从它们中间疾驰而过,人工的分界线,首次穿越了神话世界。

在描述种种怪状的同时,名称的翻译遇到诸多难处,有些怪兽的名字难以找到对应的英文词汇,只得按照其形状如实描述,比如"并封"是双头猪的形象,就直接译为"double-pig",龙头人身的"计蒙"译为"man's body, dragon's head",吃人的怪兽"狻"译为"man-eating monster"。这些直来直去的译名,是中国怪兽在外传时的"言说难度",为我们带来了意味深长的文化景观。

混杂在《中国长城》一书中的怪兽们,俨然是《山海经》的一种外传版本。流传到海外的《山海经》绘本颇多，比如西班牙人绘制于1590年的彩色绘本《谟区查钞本》，日本江户时期的彩绘本《怪奇鸟兽图卷》，都可看作是《山海经》的变体。这些外传的版本，似曾相识的怪兽嘴脸，唤醒了古老的记忆。不同文化之间的隔膜与疏离，将怪兽引向了不为人知的所在。

日本妖怪：幽暗、邪魅与狂狷

一

在日本，所谓的"妖怪学"是一门显学，高校里设有妖怪学专业，甚至孵化出了许多妖怪学博士。在日本历史文化中，确有数不清的妖怪，还有枝叶葳蕤的妖怪家族，以及引人入胜的妖怪故事，皆在妖怪学的范畴之内。

日本学者井上圆了是妖怪学的首倡者，他四处收罗妖怪传说及民俗资料，在《妖怪学讲义》中首提"妖怪学"的概念。在井上圆了看来，妖怪有真怪和假怪的分别，他又将妖怪细分为若干小类，是为妖怪分类研究之始。柳田国男则从民俗学的角度研究妖怪，认为妖怪是理解民族性格及文化心理的门径，将妖怪研究视为理解日本历史和民族性格的方法之一。柳田国男认为，"妖怪乃是已失却神威的诸神的沦落形态，是被贬到凡间的神明"。柳田国男还在《远野物语》中描述天狗、河童、山男等日本妖怪，使这些妖怪声名鹊起。

此外，还有讲述妖怪的怪谈文学，类似于中国的志怪和传奇。田秋成的《雨月物语》在模仿中国古代志怪故事的基础上又有日本审美视角。生于希腊、长于英法的拉夫卡迪奥·赫恩（Lafcadio Hearn）也因喜爱日本妖怪文化而加入了日本籍，还娶了日本妻子。这个欧洲人后来更名为小泉八云，他的名作《怪谈》来自妻子讲述的日本妖怪故事，把日本妖怪介绍到了西方。

河童　十九世纪《怪奇谈绘词》

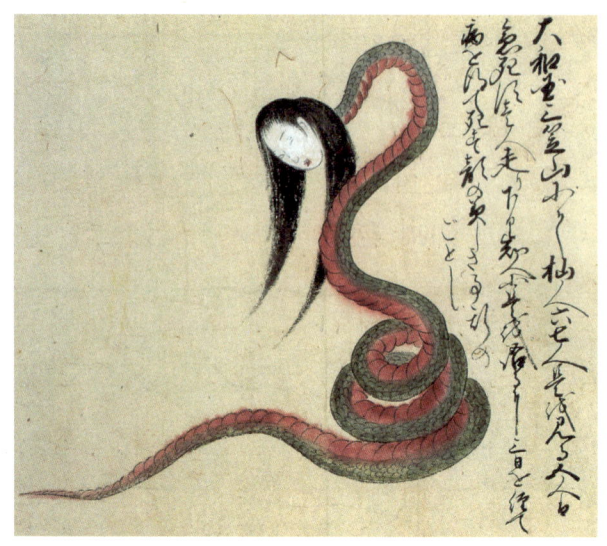

濡女 十九世纪《怪奇谈绘词》

值得注意的是，日本妖怪学还有久远的图像史的传统，这也让日本的妖怪引人入胜。江户时代的画家鸟山石燕惊才艳艳，他归纳外来妖怪与本土妖怪，绘制出《画图百鬼夜行》《今昔画图续百鬼》《今昔百鬼拾遗》《画图百器徒然袋》等系列绘卷，成为日本妖怪学的一大源流，后世的画家和研究者多从鸟山石燕的作品中找到灵感。又有葛饰北斋、歌川国芳、月冈芳年、河锅晓斋等妖怪画的巨匠，名手辈出，且能穷尽毕生精力作画，他们笔下的妖怪出没在海上巨浪，山涧的

溪流,黄昏时的古寺,以及干涸的河床,甚至心念所指之处,随时即有妖魔出现。不可捉摸的幽隐恐怖之物,都在纸上凝结成形,带来视觉上的震惊体验。由此,日本妖怪获得了不可比拟的图像资源,见证着一个民族的黑暗心灵史。

二

日本妖怪中的七成来自中国,是名副其实的"舶来品"。自唐以来,中国古籍《三才图会》《山海经》《淮南子》《酉阳杂俎》等流传到日本,其中多有精怪图形,促成了日本妖怪的集束式爆发。尤其是《山海经》,其中的神明和怪兽,使日本画家受到启发,在变形和怪诞的不明物种之中,似乎包藏着更具有永恒意义的魔力。舶来的妖怪,在日本落地生根。

在水木茂的《妖怪大全》中,收录了七百六十四种妖怪,此外尚有许多不知其名的山精水怪,数目难以估量。因各地妖怪太多,古代日本政府还专门设立了阴阳师,负责驱魔降妖。阴阳师的地位后来尊贵异常,能够干涉国政,挟妖怪以令天下。日本妖怪文化的开枝散叶,也得益于这种传统。

妖怪来自未知的幽暗世界,其邪魅狂狷正与世间的理性划清了界限,妖怪是来自精神深处的古老敌意。日本最为著名的妖怪当属河童,据说是中国古代黄河水神河伯的变体。古时河神的信仰外传,随着世殊时异,信仰逐步衰落,河神

釜山海蟾蜍　十九世纪《怪奇谈绘词》

则降格为河妖，河童即是水中的食人怪。据日本学者中野美代子考证，《西游记》中的沙僧即是河童。人面蛇身的濡女，则明显脱胎于中国神话中的女娲形象。但是，濡女变成了海滨作祟的妖怪，人只要看她一眼，便会丧命。日本的付丧神，是日常器具成精，被主人弃置之后，便带有了怨念，出来作怪——这是受了道家"物老则怪"思想的影响，琵琶、

洞妖　十九世纪《怪奇谈绘词》

扫帚、夜壶，均可成为精怪。它们将在午夜时分来到街上，招摇过市，这种妖怪大爆发就是所谓的"百鬼夜行"。

二十世纪二十年代，蔡元培先生所译的井上圆了《妖怪学讲义》由商务印书馆印行，这是较早引进的日本妖怪学著作，后来一度中断。直到近年来，日本妖怪学的著作再次不断被引进，包括鸟山石燕《百鬼夜行图卷》，葛饰北斋的《北斋漫画》，小泉八云的《怪谈》，还有京极夏彦的《百鬼夜行系列》，受到了中国读者的喜爱。

三

诞生在蒙昧时代的妖怪文化，在当下的"科学理性"的工业时代，不但没有像传统民俗工艺一样凋零殆尽，反而获得了新的生命，这样的奇迹发生在日本。在日本境港，甚至有一条专为妖怪学家水木茂而设立的"水木之路"。境港是水木茂的故乡，与水木笔下妖怪相关的青铜浮雕、商店、博物馆、妖怪广场、妖怪公寓等随处可见，这是红尘世界对妖界的模仿。来自世界各地的游客慕名而来，因妖怪文化而带动起来的旅游业，已成为境港市的重要经济支柱。

此外，古老的"妖怪画"传统未能失落，而且不断增殖。水木茂将妖怪画由版画、浮世绘等古老形式过渡到了现代漫画，接通了妖怪学的古今脉络。京极夏彦的新作《百怪图说》则是一个作家向古老传统的致敬，其作品带有浓烈的现代色彩，从中可见妖怪画在今日的新趋势。

新的妖怪也被塑造出来。比如在日本三重县一座山的山腰上，有一座废弃的温泉别墅，据说那里经常闹鬼。荒废的温泉别墅多的是，有说是妖怪作祟的，有说是泡沫经济造成的。在日本人看来，"泡沫"是造成泡沫经济的元凶，那么，泡沫也是个"妖怪"——它的出现，会使经济一蹶不振。新式的妖怪，寄予了颇多讽喻，却又与妖怪文化一脉相承。

在年轻一代的生活中，影视、动漫、手游、图书、玩偶等文化产品，在日益平面的当下生活中扮演着重要角色，荡涤着日常的平庸乏味。与妖怪有关的各种文化载体焕发出新的活力，有的恐怖，有的可爱，既满足现代人的猎奇心理，又能带来精神上的抚慰。从文化产业的角度来看，妖怪文化中又不断催生出新的IP，故事模型向古代妖怪中寻得灵感，电子屏幕上的妖怪腾跃，炫示爪牙、毛羽、鳞鬣以及万般变幻，唤醒了潜伏在体内的古老记忆，价值不菲的妖怪经济随之而来。

当下仍然需要妖怪，只不过其载体发生了变化，现代人的需求也有着微妙的差异，在虚拟空间里，人与妖的相遇才刚刚开始。

四

相较之下，中国的妖怪虽有着更为久远的传统，却过早夭折。最早的妖怪谱系出现在渺远的传说中——距今四千多年前的黄帝曾经东巡至海边，海中冒出一头神兽，能够口吐人言，这头怪兽名叫白泽。白泽的长相是聚讼纷纭的疑案，有人说像麒麟，也有人说像狮子，或者像山羊，还有的观点认为白泽即独角兽。可以确定的是，白泽是知识最为渊博的神兽，黄帝向它请教天下鬼神妖怪，白泽一一道来，共计一万一千五百二十种，并有破解之法，黄帝命人记录下来，编订为《白泽图》。

《白泽图》是一种极为古老的妖怪百科了,可惜多数已经散佚,只有为数不多的敦煌钞本残卷保存至今,难窥全貌。相对而言,上古奇书《山海经》则充溢着丰盈的国妖原型,比如九尾狐、天狗、夔、犰狳、猰貐、穷奇等妖怪。《山海经》中的神兽无疑是一种拼贴术的奇观,器官的拼贴,物种之间的嫁接,都使妖怪显得怪诞不经。

在中国的传统中,子不语怪力乱神,谈妖异之事,即有妖言惑众,蛊惑人心之嫌疑;驱魅的过程中,妖怪遭到放逐,没有立锥之地。拙著《海怪简史》在出版时,就曾辗转二十余家出版社,许多出版决策者认为这是宣扬"封建迷信",让我不由得感慨观念的落后。出版之后,又有众多读者询问,书里面的海怪是真是假,令人啼笑皆非,学校教育造成"正确答案"的心理焦虑,致使多数人难以在宽泛的趣味之下理解妖怪,观念的鸿沟难以逾越。

此外,中国古代典籍晦涩难读,妖怪不成体系,分散在古籍的角落,这对当下的读者来说,也是一大障碍。比如日本妖怪中的姑获鸟,是出自郭璞的《玄中记》:"姑获鸟夜飞昼藏,盖鬼神类,衣毛为飞鸟,脱毛为女人。"其出处极为冷僻,此类材料的整理和普及的工作,是极为漫长的劳作。

在吾国被驱逐的妖怪,却在日本繁衍生息,开枝散叶,穿上了日本衣冠。年轻人知道妖怪,也都是借助于日本的漫画,抑或是《阴阳师》之类的游戏,怎能不令人感慨唏嘘。

水木茂的妖怪画

日本民间传说中的妖怪有上千种，除了恐怖和作祟的妖怪，也有活泼可爱的妖怪。妖怪从古时走到现代，它们极力隐藏自己的身世，在山泽间生息繁衍，在历史长河中偶尔露出一鳞半爪，便已惊艳了世人——妖怪出示蛛丝马迹，免得世人将其遗忘，可见也是寂寞之至了。

日本妖怪有七成来自中国，经日本人改造，再加上日本民间传说中的精怪，缔结为严密的妖怪家族，每个妖怪都有自己的故事，也有着鲜明的可辨识度——它们的形貌特征早就深入人心。日本江户时代的画家鸟山石燕综合《山海经》《三才图会》《西游记》等中国古籍之长，参照日本神话，倾其一生完成了《百鬼夜行图》妖怪画谱，共画妖怪二百零七种。日本今日的"妖怪学"，皆以鸟山石燕的体系为主要源流，又有葛饰北斋、歌川国芳等妖怪画名手云集，致使日本妖怪无处遁形。

古代日本的传统版画和浮世绘，皆是古老的绘画形式，前者出现了《百鬼夜行图卷》等卷帙浩繁的系列作品，后者又有葛饰北斋的苦心经营。有规模意识的集束式创作，同主题之下的开枝散叶，当然还有囊括天下精怪的宏大野心。妖怪画出现井喷，而每一种妖怪的惊人貌相，必呈百千思虑，以炫示奇诡为能，对妖怪的研究也越来越深入。日本江户时期的市民经济灿然勃兴，也给妖怪画册的风行提供了民众基础，妖怪画一时纸贵，争相传观之际，鸟山石燕的名声不胫而走。

◀ 滑头鬼　［日］水木茂 作
▶ 款冬人　［日］水木茂 作

鸟山石燕之后，水木茂的作品承上启下，成为妖怪画的又一高峰。水木茂的功绩在于，将版画和浮世绘时代的妖怪转变为现代漫画，又以搜罗之详备而著称，拓展了鸟山石燕的妖怪体系，典籍有载而图像无载的妖怪，也都被水木茂一一赋予了具体形象。这使他成为接续鸟山石燕《百鬼夜行图》这种传统的当代巨匠，又因其体例完备而别具一格。

水木茂的《妖怪大全》展现了近乎狂热的"收集癖"，每得一故事，便欣然自喜，便要搜尽所有故事。此外，水木茂还曾到中国云南，寻访云南纸马——民间祭鬼神的木刻版画，多绘鬼神之形，画风狂野。后来也曾到澳大利亚寻访原住居民的壁画，以及到墨西哥寻找祭祀中的面具。他的视野已经不局限于日本，神异的故事原型，魔性的图像系统，都在他的兴趣之内，这使他在妖怪画的创作上更加得心应手。

他走进乡间收集民间传说和图像，田野调查使虚构走向了实证，以往的妖怪故事被认为是无知和迷信，那么，直到如今还有那么多人坚信妖怪的存在，这就不得不考量一个族群的风俗和习惯，并正视集体记忆的深远影响，以及其当下的意义所在。毕竟，古老的认知方式直观、混沌、率真，在科学理性的工业时代，仍然在内心深处的隐秘角落潜伏，成为随时可以退守的最柔软的部位，这是妖怪负隅顽抗的最后防线。

从近千页的《妖怪大全》来看，水木茂的作品多采用黑白二色,是对鸟山石燕、葛饰北斋等古代画家的致敬;而歌川国芳等人笔下的妖怪形象,水木茂也多有沿袭,只不过变狰狞为圆润,少了些恐怖意味,多了些活泼可爱之风。有些妖怪脑袋极大,身子却短小,看了令人发笑。这是水木茂的智慧,他看到了妖怪在当下的处境,狰狞粗粝的古风只属于遥远的江户时代,而当下,更多的人需要在妖怪中寻到抚慰。

大色块的黑,使读者展卷观看时,脸上被映上了黑暗,夜晚提前降临。妖怪出现在夜晚,深夜里赶路的归客行色匆匆,在即将赶到家门之际,却与妖怪猝然相遇。画面在这一刻定格,没有人知道这个归客后来的命运如何——他是否由此次惊吓而脆弱一生?水木茂不提供这种答案,他所做的,只把遭逢妖怪时的惊恐定格,于纷乱倾覆的激流中寻得片刻之静。水木茂的妖怪画中多有这般张力,似乎要挣脱平面的束缚,足以令人看得惊心动魄。

图画之外,文字的阐发也由水木茂来完成。半页图画在上,半页文字在下,显然是有着精心安排。古人著书立说,便早已重视图的效用,即中国古书所谓的"左图右书"、"文不足以图补之,图不足以文叙之"。水木茂沿袭了这一优良传统,其文字简要精准,交代妖怪的名讳、身世、籍贯,以及种种妖异之处,与图像一道,建构了日本妖怪谱系。

水木茂于2015年的年末辞世,享寿九十三。他仿佛并未走远，在接近一个世纪的生命历程中，把妖怪视作唯一乐趣；八十多岁高龄时，仍在杂志连载新的漫画作品，创造力之旺盛可见一斑；其精神并未随着身体而衰老，反而童心大炽，这或许也是其得以长寿的秘钥。

水木茂在晚年仍记得日本自古流传的一个游戏：众人聚集一室之内，燃起一百支蜡烛，人们在烛光里讲妖怪的故事，每讲完一个，就吹灭一支蜡烛，直到最后一支蜡烛熄灭的时候，真正的妖怪就会出现，真正的激动人心的时刻，刹那之间却有永恒的魅惑。

古老的游戏已经失传。如今，在水木茂身后，只要在这美好的夜晚展观《妖怪大全》，读完最后一个故事，掩卷之际，妖怪是否会霍然出现在眼前？

外国人与中国龙

一

龙在东方是意味深长的文化符号,其外形来自某种古老的拼贴技艺:"角似鹿,头似驼,眼似兔,项似蛇,腹似蜃,鳞似鱼,爪似鹰,掌似虎,耳似牛,口旁有须,颔下有明珠,喉下有逆鳞"的神兽,善变化、能兴云雨、有利于万物,在中国古代又被视作帝王的象征,有着至高无上的神圣地位。而在欧洲神话中,龙是一种巨大的蜥蜴,长着翅膀,身上有鳞,拖着一条长长的尾巴,嘴里能喷火,谓之"恶龙"。到了中世纪,欧洲的龙堕落为罪恶的象征,它有毒、能喷火,长着蝙蝠状的大翅,腆着大肚,凶残而又狡诈。在《圣经》故事中,魔鬼撒旦曾化成一条恶龙,它有七个头,每个头上都戴着王冠,它用尾巴扫过了三分之一的星辰。随着基督教的传播以及欧洲人在世界范围内的扩张,东西方龙文化也出现了意味深长的对话。

《中华苗蔓花》封面　1900年

十七世纪中叶以后，基歇尔的《中国图说》开始在欧洲流行，基歇尔的细密铜版画看似写实，而内容却来自想象，作者基歇尔并没到过中国。书中有龙虎相争图，图中的龙仍是欧洲翼龙的形象。

十八、十九世纪来华的欧洲使臣、传教士及旅行家的文字及画笔下，中国龙被赋予了诡异的形象。两种不同文化的隔膜使龙出现了形变，从图像史的角度来看，有大量的"变异龙"出自外国人的描绘，成为龙的一个亚种——它不属于任何一种龙文化，只是文化观念碰撞的产物，存在于不为人所知的异度空间。

传教士利玛窦注意到了龙在皇家的日常中扮演着重要角色，服饰、瓷器、家具、建筑等物件上都有龙的图案，皇帝的衣纹和宝座都装饰着腾跃的龙。在手稿中，利玛窦将龙写作"Dragone"。在1616年出版的利玛窦《基督教远征中国史》法文版中，这个词被一律译成"dragon"——在西方传说中，而这个名字指的是那种长有翅膀的喷火龙，是邪恶的象征，这是龙与dragon的碰撞。

二

早在1793年来华的英国马戛尔尼使团，也记下了零星的关于龙的印象。马戛尔尼使团是欧洲人深入东方的一次"破冰"之旅，英国希望与大清达成贸易协议，却遭到了清帝国的拒绝，一行人铩羽而归。即便如此，英国人却借此进入了这个神秘的东方帝国，上至大使、副使，下至使团成员，几乎都写了日记、行纪，数量极为可观，可见西方人对东方的热情。在他们眼中，由于文化背景的差异，当他们看到建筑中的龙形纹饰时，龙的神性及庄重未能被他们感知到，只是觉得这些造型奇怪，缺乏实用性。马戛尔尼在日记中这样写道："唯一我看不顺眼的东西是狮、虎、龙等的大瓷像……对此我感到迷惑不解，只能说把这些怪物收集起来既花钱又困难，钱财多了，因此就促使他们尽量寻求浮华和奢侈的摆设，这是审美的败笔。"跟随马戛尔尼使团出访大清的巴罗也在回忆录中写道："屋顶檐角上那些龇牙咧嘴、奇形怪状的狮子、龙蛇，根本谈不上什么好风格，实用性，或美感。"

因此，马戛尔尼使团中的水彩画家威廉·亚历山大在画到两个清帝国的士兵时，对他们手中所持的龙旗进行了模糊处理，龙形图案的轮廓朦胧不清，固然是为了突出人物的需要，也从某种角度暴露了认知的盲区。毕竟，在画家的角度看来，恶龙怎么能作为旗帜呢？其中有一面旗帜上的龙，甚至被加上了翅膀，与西方的龙极为接近了。

而在希腊作家卡赞扎基斯笔下，中国海域内的龙头船是惊悚可怖的："船头的龙，黑色，橘色条纹，张口，像火一样的舌头伸出来。它红红的眼睛盯着带泥的水，仿佛驱赶波涛

西班牙艺术家Juan Carlos Paz绘制的龙

里的恶鬼。"无数次梦到的东方世界猝然呈现在眼前时,先令他吃了一惊。在归途中,卡赞扎基斯仍然心有余悸,他在笔记本上写下对中国的印象:"在孔夫子美好道德和安详的面具后面,会飞出一条凶恶的、食肉的、身披绿鳞的龙。"这代表了多数欧洲人对中国龙的印象,无疑,这种印象是基于其自身的欧洲文化背景,先入为主的观念难以撼动。

三

对东方帝国的美好想象,随着清朝国力相对于西方的急剧衰落,慢慢地变成了轻蔑与嘲讽。直到欧洲人看破了清帝国的虚弱,龙的绘像转而出现了浓重的讽刺意味,这个庞然大物,已到了迟暮之年,徒有骇人的外表。西人绘制的漫画中,多以龙指代清帝国,大腹便便的龙,被踩在地上的龙,还有被宰割的龙,圣乔治屠龙的欧洲传统得以复活。中国龙往往伴随着辫子、八字须、长指甲、朝珠补服等元素登场。1900年的法国明信片《龙被征服了》中,八国联军合力把龙吊到了树枝上,这正是那个时代中国命运的写照。此外,龙还象征着笨拙的暴力。明恩溥《骚乱的中国》还收入一幅关于义和团的漫画,一只双头的怪龙象征义和团,正在朝洋人进攻,有个洋人还被龙吞进嘴里。

四

对龙的误解延续到当下。2016年春节期间,西班牙马德里市发布了一款庆祝中国传统春节的海报,海报中的龙有十六条短腿,头部像狮子,撒旦式的三角形尾巴。看整体造型,更像一只巨大的毛毛虫,这幅画像的作者是艺术家Juan Carlos Paz。

从西方人笔下的中国龙形象来看,不同文化之间沟通极具挑战。时至今日,不论是西方了解中国,还是中国了解西方,仍是难题。

刑天氏的踪迹

东晋诗人陶渊明在《读山海经》中写到了刑天的勇猛："刑天舞干戚，猛志固常在。"刑天是《山海经》里的人物，《山海经·海外西经》载："刑天与帝争神，帝断其首，葬之常羊之山，乃以乳为目，以脐为口，操干戚以舞。"在与黄帝的大战中，刑天被砍了脑袋，却仍然不死，失去头颅之后，他的双乳变作眼睛，肚脐变为嘴，一手挥舞着斧子，另一手拿着盾牌，继续作战。

在传世的图本《山海经》里，刑天的形象有些骇人——他的躯干正面变成了人脸，脑袋和脖颈却不见了，只有一个齐整的断茬。他挥着斧子，左足着地，右足抬起，正跃跃欲试，仿佛要从纸面上跳脱出来。

刑天的故事是对死亡的超越，人死后精神却不灭，反而愈发超拔与激越。刑天身后，他的故事并未有消散，历代都有和刑天有关的传说，可看作是上古神话的余絮。宋代类书《太平御览》中提到了一种无首民："无首民，乃与帝争

刑天　上海小校场年画《新刻山海经全图》

神，帝斩其首，敕之北野，以乳为目，脐为口。去玉门三万里。"原来，刑天被黄帝斩首之后，衍生出了一个部族，整个部族都是无首之人，他们被流放到玉门关外三万里，在那次大战中，他们失去了逐鹿中原的机会，被新的王权体系贬斥到蛮荒之地。无首民皆是刑天的后代，时过境迁之后，他们似乎已忘记了仇恨，按自己的方式，在不为人知的地带秘密生活。

在刑天一族遭到流放之后，中土偶尔还有些刑天氏的近亲出没。《太平御览》提到汉武帝时的豫章太守贾雍出境讨贼，结果被贼砍了脑袋，成了无头人。回到军营后，士兵都来看贾雍，他胸中发声说道："战不利，为贼所伤，诸君视有头佳乎，无头佳乎？"众将哭着说："有头佳。"贾雍却说："不然，无头亦佳。"说完，贾雍就倒地而死。明人徐应秋在《谈荟》中也有一则无头人的故事：有一个人上战场，被敌人砍去脑袋。战争结束后，同营战士发现他还活着，手能拿东西，双腿能走路。他后来回到了故乡，平时还能织草编履，妻子每天把饮食从其喉管中给他灌入，他饿了则书一"饥"字，不食则书一"饱"字，如此二十年之后才死。不难发现，这两则故事皆出自战场，在作战中失去头颅，与刑天的遭遇何其相似。

清代袁枚的《子不语》中又提到了一个海外的"刑天国"，似可与"无首民"遥相呼应。据袁枚称，这是温州府

无头族（Blemmyes）

的海商王谦光所讲述的亲身经历。王谦光出海经商，曾漂到了一个海岛，岛上男女千余人，"皆肥短无头，以两乳作眼，闪闪欲动，以脐作口，取食物至前，吸而啖之，声啾啾不可辨"。这些无首人看到王谦光有头，都争相用舌头舔他，王谦光大惊，赶忙奔到了山顶，和他的同伴们一起扔石头驱赶无首人，终于把这些怪物驱散。后来有博物君子对王谦光说："此《山海经》所载刑天氏也。"清代航海技术的发展，开拓了新的地理空间，当新空间开启之际，未知之地充斥着奇人异事，于是，上古的刑天氏被搬到了海外，算是有了一支子遗。

在更为遥远的欧洲，也有无首人的传说。古希腊作家希罗多德在其《历史》一书中提到，无首人阿克发洛伊（Akephaloi）与狗头人赛诺瑟发利（Cynocephali）住在古利比亚的东边。亚历山大远征到达印度时，曾经遇到过几个金色的无首人，便抓了一些带回去展览。也有人认为，亚历山大遇到的无首人，只不过是穿了大号盔甲的异族人，其盔甲肥大，遮住了头部，而胸口又有眼和嘴的纹样，乍看上去像是无头一样。

在欧洲中世纪抄本当中，无首人的形象屡见不鲜，这一时期的无首人绘像大致有两类，一类是眼睛长在胸脯上，另外一类的眼睛长在肩膀上。欧洲人对于未开发的遥远地域怀着恐惧和敌意的想象，将无首人弃置在蛮荒之地。在刑天的问题上，中国和欧洲有了奇异的对称。

麒麟从海上来

一

明永乐十二年（1414）九月二十日，南京，永乐帝率文武百官出奉天门，早有一头怪兽等在承天门外。由西洋渡海归来的郑和，从麻林国得到一头名叫"基林"的怪兽，该兽外形似鹿，头生肉角，它不鸣也不叫，站在地上东张西望。为防其逃跑，早已给它套上了笼头，缰绳由人牵引。

这头怪兽与中国典籍中记载的麒麟极为相似，当时的人们认为这便是麒麟，举国震动，臣民围观者如堵，各自欢喜赞叹不止。热闹场景正如沈度的颂诗所描述的"臣民集观，欣喜倍万"。有诗赞曰："西南之诹，大海之浒，实生麒麟，身高五丈，麇身马蹄，肉角颙颙，文采焜耀，红云紫雾，趾不践物，游必择土，舒舒徐徐，动循矩度，聆其和鸣，音协钟吕，仁哉兹兽，旷古一遇，照其神灵，登于天府。"

在百姓的团团包围之中，这头麒麟耸着长脖子和麟首，

麒麟 （明）《瑞应麒麟图》

早已越过众人的头顶，它的两只肉角嵌入了帝国的天空——它的身高可达六米，时至今日，这仍是地球上最高的动物。《明史·外国传》中提到了这头神兽的外貌："麒麟前足高六尺，颈长丈六尺有二，短角，牛尾，鹿身。"在当时的人们看来，无异于神迹。百姓的欢呼声迭起，幸福的光辉将他们笼罩，而那头瑞兽受到惊吓，想要拔蹄狂奔，却被缰绳拽住，原地踏着蹄子，触地之处，尘埃升腾。

二

永乐十二年的这场瑞兽观摩仪式，其背后有着更为久远的典籍作为支撑。麒麟的原型出现在春秋时期，据说孔子降生时，有麒麟出现，口中吐出玉书。到汉代董仲舒提出"天人感应"之说，他认为君王的作为与上天相关，上天虽不像人一样会说话，但上天的意志可通过某种"祥瑞"或"灾异"的现象显现出来。在董仲舒看来，如果君主政治清明、社会太平，上天就会降下麒麟、白鹿、嘉禾、醴泉、甘露等祥瑞之物以资表扬。如果君主昏庸，不行德政，就会激起天的震怒，出现各种灾异现象，例如水旱灾、火灾、地震、日食等，以示对君主的警告和惩罚。这些观念流布甚广，一直在帝国政治话语中发挥作用。笃信这一体系的帝国君主，时刻寻找祥瑞，地方官见到异样的动植物，就会当作祥瑞，送到京城去,皇帝一高兴,就会给献瑞的官员更高的官职。

上有所好,下必趋之。郑和的船队一度抵达了非洲东部,带回殊方异域的珍宝和异兽。这真是古来未有的奇遇。他们发现长颈鹿的外观与中国古籍中描述的麒麟太过吻合,当地的索马里语称之为"基林"(Giri),发音与麒麟非常相近,只是脖子稍嫌长了些,但这可以忽略不计。最有说服力的,是长颈鹿头上的肉角,在历代道德家的眼中,肉角也是

麒麟　（明）《山海百灵图》

麒麟的一种美德，所谓"设武备而不为害"，这更使郑和相信古人所言不虚。随郑和船队出航的马欢在《瀛涯胜览》一书中记下了他所见的麒麟："麒麟，前二足高九尺余，后两足约高六尺，头抬颈长一丈六尺，首昂后低，人莫能骑。头上有两肉角，在耳边。牛尾鹿身，蹄有三跲，匾口。食粟、豆、面饼。"不难看出，所谓的麒麟即长颈鹿。

据说郑和带回两头长颈鹿，其中有一头受到惊吓，死在船上。除了长颈鹿，还有斑马、狮子、直角羚羊等异兽，有一艘船成为海上漂浮的动物园。外来动物踏上中土，促成了永乐朝的博物学大爆炸。

三

在郑和的西洋之旅中，这只是一段小小的插曲，有着几万里阻隔的西洋，居然也能找到神话中的对应之物。从东非到几万里之遥的南京，空间的骤然转换，在郑和船队的技术支持下得以实现，在明代确是奇迹，这恐怕是最早的全球化了。长颈鹿在麻林国本是常见的动物，十万里之遥的麻林国，遥远得似乎不存在。偶然的一次时空交接，却意外撞进了古老帝国的神兽谱系。

最为兴奋的当然还是永乐帝朱棣。在秘传的典籍中，只有圣王治世，麒麟才会出现，这头来自海外的麒麟，正可为其统治披上神圣的光环。他命人画《瑞应麒麟图》，这是影响深远的一幅画像，未能亲见麒麟的人，只能寄希望于见一下这幅图。在好奇心的驱使之下，后世出现多种摹本，可见其受欢迎程度之深。

明人谢肇淛《五杂俎》提到了《瑞应麒麟图》的流传："永乐中曾获麟，命工图画，传赐大臣。余尝于一故家见之，其全身似鹿，但颈特长，可三四尺耳。"麒麟图像赐给百官，在豪门世家秘密流传，其中有的画像得以保留至今。传世的几种摹本虽有着细微的差异，但仍可一眼看出，雄踞于画卷中的，正是一头长颈鹿。它的脖颈几乎占去了画面的一半，而它身上的花纹，有的绘本是锯齿状，有的则是六边形。通灵的神兽虽难以捉摸，但其纹样却有着几何图形的精准，画师在初见神兽时茫然不知所措，它超出了经验范畴，终于，画师在锯齿或格子的花纹中找到了自信。

据《明史》载，永乐十二年的献瑞之后，麻林国和榜葛剌国又各有过一次进贡麒麟的记录，见到传说中的神兽以后，长颈鹿的形象与神话产生了互渗。近年来在南京出土的徐达五世孙徐俌夫妇墓中，陪葬官服上的麒麟补子，居然是一只伏在地上的长颈鹿。明刊本《异域图说》中出现的麒麟，也做长颈鹿状。日本画家桂川国瑞的《麒麟图》，在今天看来都是长颈鹿。甚至在日语中，长颈鹿和麒麟至今还是同一个词，凡此种种，皆是长颈鹿来华事件的余波。

食梦貘：我们梦中相见

小泉八云在《怪谈》中提到的食梦貘，是一头食梦的怪兽，它在夜晚出现，吃掉人们的噩梦。小泉八云写道："它本领殊奇，能噬食人的梦。"原本无形物质的梦境，却被一头来路不明的神兽吸食。小泉八云认为，令人惊怖的噩梦，却是貘最喜欢的食物，因为有了貘，人们的睡梦才格外安稳。噩梦消弭于无形，顺便将噩运也一并带走了。又有日本古谚说："夜之暂，貘尚不及食梦。"貘始终与夜晚联系在一起，它属于黑夜。

貘是想象中的动物，清代学者郝懿行认为，《山海经》中的猛豹即是貘，生活在公元三世纪的博物学家郭璞在注《山海经》时认为猛豹"似熊而小，毛浅，有光泽，能食蛇，食铜铁，出蜀中"。在《尔雅》中也出现了貘的词条："貘，白豹。"博物学家郭璞再次出现在注解中，他这样描述貘："似熊，小头庳脚，黑白驳，能舐食铜铁及竹节。"从郭璞的描述中，有人认为貘是四川的大熊猫。

◀ 貘　（明）《山海百灵图》
▶ 貘　[日]葛饰北斋《北斋漫画》

但貘是实有的动物，与马和犀牛是近亲，是奇蹄目哺乳动物，腰部和背部白，头及四肢黑，也是黑白驳杂，长着大象一样的鼻子，但比象鼻短，看上去只有半截，鼻子还可自由伸缩。如今貘已是濒临灭绝的动物，只有少量分布于东南亚和南美洲。貘是食草动物，喜生活在密林沼泽，曾经在华南一带出没，后因气候变动，只适宜湿热环境的貘在中国绝迹了。如今生活在东南亚的马来貘，是中华貘的近亲，二者极为相似，可从马来貘身上看到传说中的异兽。

从出土文物中也可看到貘的踪迹。湖北石家河文化遗址中出土了陶貘，河南安阳曾发现商代的貘骨，周代青铜器中常见貘尊，汉画像中亦有貘拖着长鼻出没的身影，这些貘的形象较为写实，憨态可掬。当时的南方丛林密布，多有沼泽，貘兽出没其间，它们喜欢吃汁液丰富的野草，吃饱便在泥中打滚。那时的貘，还是一种常见的动物，《后汉书·哀牢夷传》中即提到当地出产貘兽。司马相如《上林赋》中也有"其兽则㺎旄貘犛，沈牛麈麋"的句子，当时的物种丰富程度，却是如今难以想象的。

后来貘日渐稀少，人们将其神化，博物学家乐于谈及异兽，这是学问渊博的象征，正所谓"博物之君子，可以不惑焉"。唐人段成式在《酉阳杂俎》中称其为貊泽，它的油膏腐蚀性极强，放在铜器铁器中，都会蚀透。这一古怪的属性，或是源自貘能食铁的古老传说，愈传愈奇。

唐代诗人白居易曾患有头痛症，他请画师在小屏风上画了貘，睡觉时以屏风环绕头部，症状得以减轻。白居易专门写了一篇《貘屏赞》，提到了貘的来历："貘者，象鼻犀目，牛尾虎足，生于南方山谷中。寝其毗辟瘟，图其形辟邪。予旧病头风，每寝息，常以小屏卫其首。"白居易用貘屏驱病，可见时人是将貘当作瑞兽的，具有辟邪辟瘟的奇效。唐太宗曾赐长孙无忌等重臣貘皮，这被看作是极为贵重的赏赐。

貘的形象传到日本，由辟邪之功用转而成为食梦兽。古代日本人认为噩梦即是风邪所致，便在枕头上绘制描金的貘。其实在《新唐书·五行志》中已有了枕上绘制兽形的风俗："韦后妹七姨嫁将军冯太河，为豹头枕以辟邪，白泽枕以避魅。"或认为此处的白泽即是段成式所提到的貊泽，想象中的神兽，在概念上发生了互渗，这处记载，算是貘能食梦的一点端倪。

由食铁到食梦，是至坚之物到至柔的衍化，或许正是貘食铁的无往不利，才能在噩梦面前一显身手，以天下之至坚，驰骋于天下之至柔，神兽多有这般极端的品质。在日本，汉文古籍的传入，使貘的形象呈现出碎片化的属性，重新拼贴之后，终成食梦兽。丰臣秀吉曾命人在枕头上画了貘，又用貘皮做褥子，以驱逐邪气。在日本浮世绘大师葛饰北斋的笔下，貘是个毛绒绒的长鼻兽，似乎更具犬科动物的特征，它招摇的长鼻只有短促的一只，却与世间纷纭的梦境对应。

在月圆之夜，貘从密林中走出，来到人类的居所。它身手敏捷，彻夜奔走在檐角之上，落足时毫无声息。更多时候，貘介于实有和虚幻之间，有人在梦中看到貘拖着毛茸茸的尾巴闪过，那时的貘，刚好吃完一个噩梦。

貘的长鼻，正是吸食噩梦的工具，用长鼻指向室内熟睡之人，即可感知其噩梦，梦的迹象初现，便被吸走。同样，貘还能把吃掉的梦重现出来，貘的身躯同时充当着梦的容器，只是时间不可过久，否则梦就会被消化。

许多年后，在一个夏天的夜晚，小泉八云曾于半梦半醒之中看到貘"在月光的照耀之下，宛如一只大猫，轻盈跃上房顶，一栋又一栋，悄无声息地腾挪，飞掠而去"。

姑获鸟之夜

公元三世纪的夜晚，乌云遮蔽了天空，星月隐匿，当此之际，有恶鸟鸣叫，如女子哭泣，在夜空中呼啸而来，随即远去。恶鸟的巨翅平伸，划过夜空时，留下了暗淡的投影。博物学家郭璞正在桌案旁，他听到了恶鸟的号叫，以及双翼扇动时引发的轰鸣。他在《玄中记》中加了这样一条："姑获鸟夜飞昼藏，盖鬼神类。衣毛为飞鸟，脱毛为女人。一名天帝少女，一名夜行游女。"

按照郭璞的描述，这种恶鸟的名字叫姑获鸟，是产妇死后所化，喜欢夺取别人家的小孩做自己的养子。人们夜间不敢让孩子外出，孩子的衣物也不可在夜间晾晒，否则，姑获鸟会把血滴在孩子的衣物上，作为记号；凡被滴中的孩子，不久即会失踪，姑获鸟真是害人不浅。

后来，另一位博物学家李时珍在《本草纲目》中也提到了姑获鸟："此鸟纯雌无雄，七八月夜飞，害人尤毒也。"另据段成式《酉阳杂俎》载，姑获鸟"衣毛为飞鸟，脱毛为妇

姑获鸟　［日］李冠光贤《怪物画本》　1883年

人",她飞翔在古代的天空,偶尔也会脱去羽毛,变幻成人形,混迹于世间。

曾有一男子在田间见到六七个女子,便暗暗趋近,藏起了她们脱下的一件羽毛衣,结果众女子察觉,各自穿上羽衣,变成大鸟,冲天飞去。只有一个女子找不到衣服,待在了原地,男子便娶她为妻,后来生下三个女儿。这只姑获鸟嫁为人妇,但仍念念不忘回到自己的世界。在她的唆使下,她的女儿在父亲那里探听出了羽衣的下落,原来就藏在稻草堆下。她找出羽衣,穿上即变成大鸟飞走了。几天之后,她又飞回来,带来三件羽衣,命三个女儿穿上,母女四人一起飞走了,从此以后,再也没有人见过她们。这则掌故,仍是郭璞《玄中记》所载,姑获鸟皆是女性,没有雄性,从这个故事当中,或许可以窥见她们繁衍的方式,那就是,与人结合,生的皆是女儿,随后都变成姑获鸟。

姑获鸟又称九头鸟。周密《齐东野语》说姑获鸟有九头十八翼,在飞行时,姑获鸟的十八翼也不那么灵活,"当飞时十八翼霍霍竞进,不相为用,至有争拗折伤者",十八个翅膀互相碰撞,甚至会因碰撞而折断,足见其笨拙。更为难得的是,如此笨拙还要出来害人。除了拐走儿童,姑获鸟还能收人魂魄,人们听到她的声带在夜空中振荡,立刻关门闭户,不敢作声。黑暗中滋生精怪,而中古时代的夜晚总是漫长,姑获鸟成为挥之不去的魅影。

九凤　（清）彩印本《山海经图》

姑获鸟的原型可以上追至古楚国的古老神话，有谚语说："天上九头鸟，地上湖北佬。"道出了楚地九头鸟的渊源。屈原《天问》中有"女岐无合，夫焉取九子？"王逸注："女岐，神女，无夫而生九子也。"这是古代楚国关于神女女岐的传说，这是半人半鸟的神女。《山海经·大荒北经》中亦载："大荒之中，有山名北极天桓，海水北注焉。有神九首，人而鸟身，名曰九凤。"九凤本是神鸟，到汉代时，随着楚地信仰的衰落，九凤的神格也有了衰变，逐渐沾染了邪气，成为恶鸟。

在日本，也有姑获鸟的踪迹。寺岛良安编著的《和汉三才图会》多取中国古代掌故，其中有一幅姑获鸟的图像，但看上去只是一只胖墩墩的鸟，并无多少妖气可言。后来日本画家鸟山石燕作《画图百鬼夜行》，姑获鸟就变成了妖女的形象，她在夜里偷人家婴儿，抱着婴儿在长夜里行走，七天以后，婴儿就会被她吃掉，然后再去偷，如此往复不断。日本当代作家京极夏彦有长篇小说《姑获鸟之夏》，将姑获鸟的故事移植到了现代，由此而衍生的漫画及游戏，使人们重新认识了姑获鸟。

值得一提的是，金庸武侠小说《天龙八部》中的叶二娘，即是按照姑获鸟的模式来写的。叶二娘是所谓的"四大恶人"其中之一，她抢别人的孩子来玩，玩后再弄死，"便似常人在菜市购买鸡鸭鱼羊、拣精拣肥一般"，读来令人不寒而栗。年轻时的叶二娘温柔贤淑,只因儿子被人抢走,寻觅不得,想念儿子而发狂疾,因而掳掠别人家的孩子玩,似可看作是某种精神病理上的特殊样本。实际上,金庸是将姑获鸟的妖异秉性放在了叶二娘身上,这才有了绰号"无恶不作"的女恶人。

昔日煌煌熠熠的神明,到后来也变作妖孽。这其间的变化,不是神堕落了,而是人心迁移,神明精怪本就是心念的投射,姑获鸟也可看作是人们心中的恶念所化。

海怪出没

一

在十六世纪,去往斯堪的纳维亚半岛的航船上,一名水手在摇晃的船头打开一张航海图,不由得紧锁双眉,船头所指的方向,是一片臭名远扬的海域。这里漩涡涌动,海怪密布,那些鳞鬣翕张的海中怪兽喷吐着火焰,还有的亮出了白光闪烁的獠牙。他不得不悬着心,小心翼翼地穿过这片死亡之海。

地图上出现海怪,并非绘图者闲极无聊。乔纳森·斯威夫特认为,"地理学家们用野蛮的图案来填充其空白区域",怪物在地图上充当着警示牌的作用,那些锯齿獠牙似乎在对水手们说:"当心,此处难以通行。"除了警示意义之外,这是当时的博物学所能抵达的极致,海中的猛兽乍看陌生,细看则不乏鲸鱼、海豹、海象、章鱼等实有动物的影子。当时人们还难以知悉海洋动物的细部,只能远远观望。海上风浪波涛变幻,庞然大物在水中忽隐忽现,仅凭一鳞半爪的方寸角落，就推演出全身，难免谬以千里。在水手们的口头传闻当中，海怪有着剧烈的形变，陆地上的猛兽，神话中的凶兽，都成为塑造海怪的灵感来源。拼贴而成的不明生物，略接近于中国古书《山海经》里的怪兽，东西方的奇幻动物有了奇异的对称。古老的鳞片、血舌、犄角、爪牙、毛皮，这些元素都已撕裂，期待着进入新的组合。

直到奥劳斯·马格努斯出现，才将这些海怪传闻加以整理，并以图像的形式在纸面上赋予其形体。劳斯·马格努斯生于瑞典，他是一名神甫，同时也是地理学家和博物学家。他对前人所作的地图不满意，发愿绘制更加精确的地图，绘制的过程耗去了十二年的时光。毕其一生，他都在为一幅地图的绘制费尽心思。作为一名业余的地图学家，他的坚持或许是来自对斯堪的纳维亚半岛的追忆，这里是他的故乡，而文艺复兴时期的学者们多少都带有一些百科全书式的热忱，马格努斯也不例外，筑造恢宏的体系需要穷尽一生精力。

1539年，马格努斯的《海图》正式刊行。这幅地图的宽度近一点五米，由九个版画模块拼接而成。之所以采用如此大的尺寸，是因为他想把斯堪的纳维亚半岛的细部尽数呈现出来。在海洋和陆地之间，可以看到无数彩色版画的图案，动植物、人以及马车和航船，不厌其烦地描绘，所传达的信息已经远远超出了一幅地图的承载能力，这能看出马格努斯的野心——外部世界的丰富，正是他想要捕捉的。他在制图方面的才华也大放光彩，每个细微的局部都成了相对独立的场域，图案的频繁出现，并非可有可无的点缀，而是世界的缩影，可照见世间的全部秘密。

值得注意的是，在《海图》的西部，海怪张牙舞爪，足以使人们忽略地图东部的土地。长久凝视着这片妖气四溢的海域，仿佛会被摄入这片折叠的空间，这是视觉的魔力。

二

对神秘动物的不倦研究与书写，以系统的方式来培植对神秘动物的想象，是神秘博物学的题中之义。经科学理性的祛魅，神秘动物已然凋零殆尽。然而，人类认识外部世界的冲动是值得珍视的，海怪的艺术形象，也越来越受到人们的喜爱。作为文化意义上的海怪，早已获得了长久的生命。

那正是海中大物横行的年代，巨鲸在海中露出脊背，搁浅在海滨的鲸也向人们展示着伟岸的身躯；大王乌贼露出强有力的腕足，在海面上摇摆，被误认作是大海蛇；嗜血的鲨鱼也给水手们带来噩梦般的个体经历。鲸的庞大身躯是最为直观的海怪形象。马格努斯注意到，鲸是哺乳动物，甚至在《海图》中描绘了幼鲸吃奶的景象，这种认知是极为准确的。但鲸的外形却又离题万里——看上去更像犀牛之类的陆地怪兽，有着坚实的铠甲，还有两只锋利的前爪；头顶的气孔中喷出两股水柱，水柱升到一定高度后，就朝前折落，在空中划出一道水的拱门；水正源源不断地从鲸的头顶涌出来，俨然身体的一部分，喷水的动作仿佛永远不会止歇。

在《海图》中，鲸有很多变体。海中巨蟒利维坦（Leviathan）热衷于绑架船只，它在地图上出现时，正用全身之力缠绕住一艘海船，海船面临崩塌的危险，船上的水手正奔逃着避开它的血盆大口。利维坦的身长也是来自对鲸的观察，最大的蓝鲸身长可达三十余米，也只有广阔的海洋和丰富的鱼虾才能养活这样的巨兽。岛鲸的身体更是一个谜，很少有人看到过它的真面目，因为它太大，远远看上去像一个海岛，附着在它身上的藤壶和牡蛎使它的外观接近于石质。水手在岛上泊船，贸然走上海岛，生火做饭。火燃起时，岛鲸感到灼痛，沉入海中，水手们因此丧生海底。无独有偶，制造涡流的怪物普里斯特（Pristes）则如参天巨塔，身似马，头似龙，从高处喷水滂沱，致使船舶沉没。显然，头顶喷水的特征也暴露了它的身份，这也是鲸的一种。鸮面鲸的脸像猫头鹰，阴森而又诡异，它把头扭过来，面部朝向观众，投来了意味深长的一瞥。

除此以外，还有一批海怪是以陆地动物为原型的。吞噬巨型龙虾的海犀牛，是仿照了犀牛的形态，就连头上的独角也与犀牛相似。所不同者，该兽的下半身是鱼尾，这种不协调的比例充满奇趣。海猪更像是一头野猪的变形，有獠牙向上，身上还有几只眼睛，身后也是鱼尾，脚趾之间还有连蹼，或许是考虑到划水的需要。这种想象又是合乎逻辑的，可以窥见作者有心创立一个自洽的系统，使之自圆其说。在一处平静的海面，海牛露出了头，这是一头黄牛的形状，它的下半身浸泡在水中，不知是不是鱼尾，这种缺省的效果，似乎更胜过了直露——在看不见的海水之下，这头怪兽正在用不为人知的推进系统缓缓前行，除了头部，它的形状至今仍是个谜。

这些海中怪兽预示着海上行旅的艰辛与困顿，在久远的年代，它们就已经在海上横行了，它们和海一样古老。水手们的噩梦还在继续，古老的恐惧如影随形。

三

在《海图》的文字标注上，马格努斯曾许诺要做一部书，用来阐发《海图》中各类海怪的深意，著书的过程又用去了十六年，这部书就是《北方民族简史》。在这部百科全书式的著作中，北欧各民族的历史文化无所不包，可以想见，在他的内心深处，《海图》是一个立体的折叠空间，其中隐藏的信息远非一张地图所能传达，恰恰需要耐心去做卷帙浩繁的案头功课，来为《海图》做注解。

《北方民族简史》中有专门章节对《海图》中的海怪加以阐释，讲述各式海怪的来龙去脉，在狰狞的海怪图像背后，又有了相应的文本支撑，马格努斯的海怪能够传世，文字注解的功劳不容小觑。与《海图》稍有区别的是,《北方民族简史》化整为零,海怪的形象改为单幅的黑白版画,挨个出现在书页之间,海怪们都有了名字和来历。

《海图》刊行之后,翻刻和仿制不断,毕竟这是一份空前准确的北欧地图,出版商安东尼奥·拉弗雷利在1572年刊行了尺寸更小的版本,用起来也更加方便。欧洲后来的博物志版画或手绘稿中的海怪,都从《海图》中受到启发,或直接挪用,或加以发挥,最终繁衍为枝叶葳蕤的海怪家族。不久,由《海图》又催生出新的图像,德国学者塞巴斯丁·缪思特的彩色版画《海陆怪物》几乎照搬了马格努斯的海怪形象。来自佛兰芒的地图学家亚伯拉罕·奥特柳斯作《冰岛地图》,也从马格努斯的《海图》中寻到了灵感,将许多海怪原样搬运过来。可以说,这三张图是文艺复兴时期最为耀眼的海怪图了。只需稍加留意,就会发现它们有着相似的基因,而马格努斯就是引发海怪大爆炸的"第一推动"。

在康拉德·格斯纳的巨著《动物学》中,海怪的图像以更为精细的版画形式被摹写下来。当然,格斯纳也有几分狡狯,在他的内心深处,或许对马格努斯的海怪还有一丝怀疑。他一再声称,他的某个海怪形象来自马格努斯的《海图》,即使出现了错误,责任也在于马格努斯,而不在于他本人。荷兰博物学家阿德里安·克楠也在其巨著《鱼鉴》中收入了马格努斯的海怪,并将其纳入自己的体系。

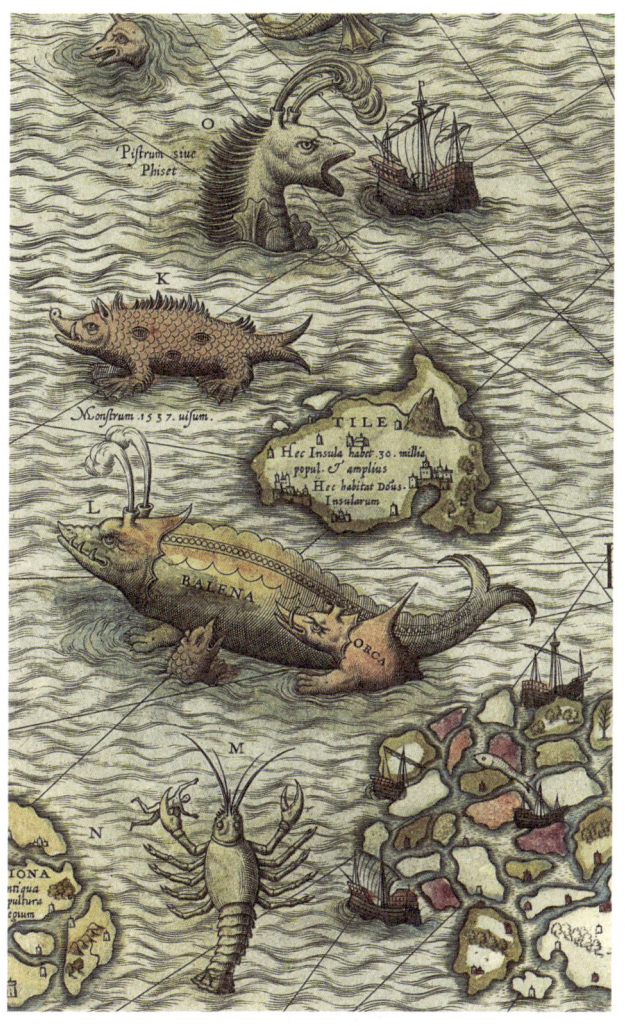

《海图》局部一

《海图》局部二

这些后来者们，同样对未知世界葆有好奇心，孜孜不倦的求知欲，终促成了新物种的纸上繁衍，海怪家族得以开枝散叶。

四

与欧洲的地图不同的是，中国的地图上很少出现海怪，目力所及，仅北宋宣和年间刊刻的《九域守令图》中出现过一匹海马，它的肩头跳跃着火焰，在南中国海面上踏波而行。直到1581年，意大利传教士利玛窦来华，几年后获得万历帝的召见，后作《坤舆万国全图》进献。这幅彩色世界地图让当时的中国人感到很新鲜，地图中绘制海陆动物颇多，海上画有鲸鱼、鲨鱼、海狮等，依稀让我们看到了来自《海图》的古老传统；尤其是那喷水的鲸，与《海图》如出一辙。《坤舆万国全图》上出现的海怪，满足了皇帝对海外世界的猎奇之心，这应算是欧洲海怪首次来到中国。

随后，比利时传教士南怀仁清朝康熙年间来华，其《坤舆图说》载："海族不可胜穷，自鳞介外，凡陆地走兽，海中多有相似者。鱼族一名把勒亚，身长数十丈，首有二大孔，喷水上出，势若悬河，见海舶则昂首注水舶中，顷刻水满舶沉，遇之者以盛酒钜木罂投掷，连吞数罂，俯首而逝。"此处的把勒亚鱼，也与马格努斯的《海图》有着承续关系；

而向鲸扔酒桶，把鲸灌醉，也同样是出现在《海图》中的场景。

在清代宫廷所藏的绘画作品中还有更多的例证。清宫旧藏《海怪图记》中出现了怪鱼海兽共计三十二种，该本未题作者，似应是康熙朝来华的传教士所作，色彩艳丽的西洋怪鱼和海兽，多数参照了康拉德·格斯纳的《动物学》，其中海犀牛和巨鳐也是源自马格努斯《海图》。另一份清宫旧藏《海错图》是中国古代罕见的海洋动物图集，是清代画家聂璜汇集一生精力之作，从某种意义来说，这位来自杭州的画家俨然迈进了生物学的门径。聂璜的《海错图》绘制海洋动物三百余种，多数是根据实物写生；但囿于条件，有些动物难以亲见，比如鲸，聂璜将其命名为井鱼，认为这种鱼的头顶有喷水的井。在绘制过程中，聂璜参考了意大利传教士艾儒略的《西方答问》。他在《井鱼图》上用小楷写道："《西方答问》内载：西海内一种大鱼，头有两角而虚其中，喷水入舟，舟几沉，说者曰：此鱼嗜酒嗜油，或抛酒油数桶，则恋之而舍舟也。"与此同时，聂璜还参照了来自西洋的画谱："今考《西洋怪鱼图》，内有是状，特摹临之，以资辩论。"《西洋怪鱼图》不知是何人所作，似应是明清之际传教士带来的绘本。机缘凑巧，东西方的海怪交流又有了一次秘密对接，可见《海图》的传统是何等强大。

马格努斯也许不会想到，他的海怪会漂洋过海，来到遥远的中国。有时候,图像比人走得还要远,时间和空间的阻隔不复存在。可见,马格努斯心念所系的,确实是足以令他不朽的事业。

此后世界日新,那些神秘地带,都已经被探知,每个角落都填满了精准的数据,从手机上打开电子地图,数字构成的扁平世界里,处处都有精准的定位,可以任意缩放布置。海怪占据地图的时代,已经一去不复返了。

飞机、火车与轮船

一

最早有关飞行器的记载，当属《山海经》里的奇肱国："奇肱之国在其北，其人一臂三目，有阴有阳，乘文马。"郭璞注："其人善为机巧，以取百禽，能作飞车，从风远行。"这是一个神奇的部族，长着三只眼，只有一条手臂，而又极为机巧，善于制造飞车，乘风远行。另据张华《博物志》载，奇肱国在玉门关外四万里，商汤时奇肱国人驾着飞车飞到了豫州境内，飞车被商部落的首领汤毁坏，并且封锁消息，秘不示人。十年后，奇肱国人另造一车，正逢东风起，便乘风回到了奇肱国。

如今看来，奇肱国人的相貌更接近外星生命，他们所操控的飞车，也不像是商汤时代的技术，飞车或许是一种超越了当时人们认知的飞行器。作为天外来客的奇肱国，飞车被当地人毁坏，后来得以逃脱。这更像是一个"不明飞行物"的"第三类接触"事件，只不过被归为神话；一臂三目的外星人，也被理解为来自海外方国，杳不可及的神秘国度。

奇肱国的飞车也指引了后人的飞天梦。美国火箭学家赫伯特·基姆（Herbert Zim）出版的《火箭和喷气发动机》一书中提道："约当十四世纪之末，有一位中国的官吏官职叫作Wan Hoo，他在一把座椅的背后，装上四十七枚当时能买到的最大火箭。他把自己捆绑在椅子的前边，两只手各拿一个大风筝。然后叫他的手下同时点燃四十七枚大火箭，其目的是想借火箭向上推进的力量，加上风筝上升的力量飞向上方。他的目标是月亮。"

据说这个飞天的勇士即是明代初年的万户陶成道。当他

飞艇图　杨柳青年画

飞到半空时，火药爆炸，他也因此遇难。据说这是世界历史上第一个用火箭动力飞天的人。在1909年的一幅美国插画中，有万户的飞行器图样，两只硕大的风筝，充当了翅膀的角色，而他背后的一捆火箭，也即通常意义上的烟花，则显现出他想要疾速飞入蓝天的迫切心情，与奇肱国的飞车有颇多相似之处。

奇肱国的飞车见之于图像，皆作车形，带有车轮的方形车厢，外加一对翅膀，这是当时人能想到的飞车形制，这给后来者提供了一种古老的参照系。到了晚清，人们隐约听到欧美有人制成了飞行器，便认为他们是奇肱国的后人。在清末《点石斋画报》中，可以看到各式来自西洋的飞行器，有的作飞船状，有的作飞车状，因为没有实物或照片作参照，画师们只得按照自己的想象，于是，飞车的形状一时怪奇百出。

比如《点石斋画报》中的《妙制飞车》一图，是报道法国的飞行器，俨然一车篷，外置飞轮；开篇即说："西人性最机巧，其术艺每多灵妙绝伦，近如火轮船、火轮车等，几已无足为奇矣，去年有某西人创为天上行舟之举，闻者已叹得未曾有。"《御风行舟》一图则绘一船，船体有四只翅膀，像飞鸟一样，"或上或下，运动自如"。这些图像的作者，无一能绘成飞机的真形，多作鸟形，更像是硕大的风筝，这是晚清对西方科技的理解。虽然如此，画师们还是表达了对飞行器的欣羡：《点石斋画报》的最重要的绘者吴友如曾绘《天上行舟》,并说"余乐得而观其成"。

晚清的杨柳青年画中有一幅《飞艇图》,颇能接近飞机的真实状况了——地上有衣冠士女举目观望,飞机掠过天空;在机翼之下,是古国的酒旗、宝塔、村舍、河流,以及河岸新绿的垂柳。新旧世界的对比,在这幅年画中如此强烈地迸发出来。飞艇轰鸣着,把古国甩在了身后。

二

1865年,有英国人在北京做蒸汽机车实验,这在当时是新鲜事物。李岳瑞《春冰室野乘记》载:"同治四年七月,英人杜兰德,以小铁路一条,长可里许,敷于京师永定门外平地,以小汽车驶其上,迅疾如飞。京师人诧所未闻,骇为妖物,举国若狂,几至大变。旋经步军统领衙门饬令拆卸,群疑始息。"

这段一里多长的铁路,以及小蒸汽车,只能算是个实验装置,刚一露面,就引起轩然大波,皆以为是妖怪,或许是汽笛轰鸣、黑烟上腾所带来的恐惧。可以想见,这个妖怪瞬息千里,又有着浓重的黑烟,本是值得称道的新发明,可在晚清的百姓眼中,却是妖怪无疑了。

1876年吴淞铁路建成通车,这个钢铁怪物的出现,同样引起了骚动,铁路沿线的百姓争相前来观看。这列火车共有六节车厢,所到之处,人人惊畏。不多久,发生了一起火车

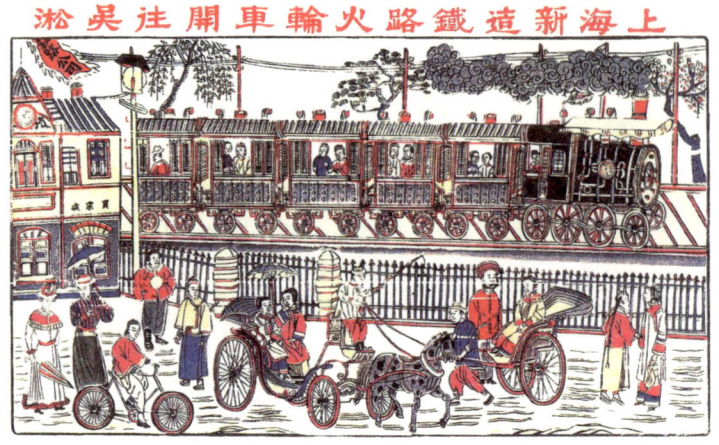

上海火车开往吴淞　桃花坞年画

压死人的事故,反对火车的声音再度高涨。最终,清政府收购了这条铁路,并将其拆除。

还有一个难以回避的问题,即是中国人的风水之说,也即相地之术,讲究在山川地势中选取宫殿、住宅及墓地的方位。这是一整套严密有序的玄学体系,人们认为山川不可轻易破坏,否则便会招致灾祸。所以,曾纪泽在致信给另一位致力于近代工业建设的张之洞的信中感叹:"吾华开矿较西人为难者,厥有二端:一曰股本难集,二曰风水难避。"在中国百姓看来,火车需要铺设铁轨,山上要开矿,逢山开道,遇水搭桥，改易了山川格局，都是会出大祸端的。刘锡鸿在一道奏折中写道：

> 西洋专奉天主耶稣，不知山川之神，每造铁路而阻于山，则以火药焚石而裂之，洞穿山腹如城阙，或数里或十数里，不以陵阜变迁、鬼神呵谴为虞。阻于江海，则凿水底而镕巨铁其中，如磐石形以为铁桥基址，亦不信有龙王之宫、河伯之宅者。

可见，在晚清，修建铁路是如此艰难，要与帝国的鬼神观念做正面交锋，在旧思想的巨大惯性中，"中国自古无火车"也可成为反对火车的理由。新生事物的出现，总是多受坎坷，种种荒诞，令人哭笑不得。

在晚清，李鸿章是看到了铁路的好处，于是见缝插针地搞起铁路来。1880年唐胥铁路动工，次年建成时，李鸿章才正式奏报朝廷。在奏折中，李鸿章把这一条铁路说成是运输煤炭的"马路"，借此避重就轻，可谓煞费苦心。

然而，唐胥铁路通车后不久，慈禧太后就以"机车直驶，震动东陵，且喷出黑烟，有伤禾稼"为由，下令禁止使用火车。唐胥铁路之行车被迫改为驴马拖拽，十分滑稽的一幕就出现了：几头驴马，拖拽着长长的车厢在铁轨上艰难地行驶，这恐怕是有火车以来的最奇异的一幕了。

三

在晚清,西方殖民者从海上蜂拥而来,这些金发碧眼的洋人宛如天外来客,他们乘坐的火轮船在海上劈波斩浪,如履平地,瞬息千万里,而船上携带的火炮更让清王朝尝到了苦头。船坚炮利,成为形容洋人的常见词汇。

轮船本非新制,用水轮驱水,作为前进的动力,古已有之。南北朝时,祖冲之造的"千里船"可以"日行百余里",这便是一种轮船的雏形。《旧唐书》提到李皋设计的战船"挟二轮蹈之,翔风鼓浪,疾若挂帆席"。明代的战船中又有轮舟,用飞轮的叶片推进,这些都是人力的轮船,飞轮只不过是桨的变形,可以连续转动,循环无穷。

1842年,英国船曾与清军在吴淞、镇江、南京三处交战,三战均以清军的失败而告终。冷兵器与坚船利炮的对战,实则是国力的考量,钦差大臣耆英、伊里布与两江总督牛鉴只得向英军求和。8月20日,耆英等参观了英舰臬华丽号(Cornwallis),这些封疆大吏大为惊骇,耆英声称"该夷船坚炮猛,益知非兵力所能制伏"。牛鉴原以为轮船行驶"系用牛拉","至是始叹而信之"。

《中西闻见录》中有《火轮船源流考》,遍述英美各国的火轮船技术,从火轮船发明之初,到技术完备,实是各国实验摸索并在实践中运用之功；其原理皆在于由蒸汽机驱动，远胜于人力，所谓"火轮船同行遍于四海，诚万世之利也"。

按《申江名胜图说》载："西国轮船初惟行于各海口，同治朝始准驶入长江。近则南至粤闽，北至豫鄂，沿江沿海遍立埠头，而浪击涛翻，益觉飞行无滞矣。"作为一部名胜风物的图册，将轮船采入其中，在自然景观之中置入机械装置，并将其看作社会风俗的生发现场，上海可谓得风气之先。

后来魏源作《海国图志》，详绘了火轮船的飞轮和气缸结构，并作《火轮船说》，开头便说："今西方各国，最奇巧有益之事，乃是火蒸水气，舟车所动之机关，其势若大风之无可当也。或用为推船推车，至大之工，不藉风水人力，行走如飞。"这在当时是难得的真知灼见，全然是一种科学的态度，他还附详图说到了蒸汽动力的原理，并称其"甚为可奇可赞"。可惜的是，这声音在当时是极为微弱的。《海国图志》刊行后在国内不受重视，却被日本人意外发现，如获至宝。

作为风俗画报的《点石斋画报》中自然也出现了不少轮船的场面，甚至提到了吴淞口外轮船搁浅。美国至英国的轮船遇难，钢铁桅杆及铁皮船体的线条直而硬朗，还有冒着烟的排气孔，全然是一派工业时代的景观，风帆时代的旧式船舶已经显得局促不堪。

龙生九子

龙生九子的说法在民间传说中甚为流行,即一龙所生之种,往往形态各异,九是泛指,极言其多。九种怪物一跃而成为龙子,在帝国符号学中扮演着重要角色。

明代之前,"龙生九子"尚未见典籍记载,直至明代的文人笔记中始有出现,但版本不一,芜杂之至。李东阳《怀麓堂集》云:"昔在弘治间,泰陵尝令中官问龙生九子名目,因忆少时往往于杂书中见之,仓促不能悉具。"皇上忽然问及龙生九子的名目,李东阳只好拼凑交差。《怀麓堂集》中又云:"龙生九子不成龙,各有所好。囚牛,平生好音乐,今胡琴头上刻兽是其遗像;睚眦,平生好杀,金刀柄上龙吞口是其遗像;嘲风,平生好险,今殿角走兽是其遗像;蒲牢,平生好鸣,今钟上兽钮是其遗像;狻猊,平生好坐,今佛座狮子是其遗像;霸下,平生好负重,今碑座兽是其遗像;狴犴,平生好讼,今狱门上狮子是其遗像;赑屃,平生好文,今碑两旁文龙是其遗像;螭吻,平生好吞,今殿脊兽头是其遗像。"

龙九子　［日］野崎诚近《吉祥图案解题》

由于皇帝的过问,李东阳等明代文人笔下多有提到"龙生九子",名称又不尽相同。除了李东阳版本之外,另外一个影响比较大的版本来自杨慎。杨慎在《升庵外集》中列出这样的名单:"赑屃,形似龟,好负重,今石碑下龟趺是也。螭吻,形似兽,性好望,今屋上兽头是也。蒲牢,形似龙而小,性好吼叫,今钟上钮是也。狴犴,形似虎,有威力,故立于狱门。饕餮,好饮食,故立于鼎盖。蚣蝮,性好水,故立于桥柱。睚眦,性好杀,故立于刀环。金猊,形似狮,性好烟,故立于香炉。椒图,形似螺蚌,性好闭,故立于门铺首。"

杨慎与李东阳的理论两相比较,多有出入,但都极言"龙生九子,各不成龙"。又有其他杂说,比如陆容在《椒园杂记》中又有宪章、蟋蜴、螭虎、金猊等九子的异名,不一而足。明人的笔记中对"龙生九子"的说法之所以不一致,皆因其来源驳杂之故——有那么多神兽被强拉来充数。于是,国故中的怪兽一一出场,成为龙之子。

如果说"龙生九子"的具体名目最早见于明人笔记,那么民间"龙生九子"的原型则要早得多。最早的"龙生九子"故事出自北宋文学家欧阳修所著的金石遗文汇编《集古录跋尾·卷十·张龙公碑》,据欧阳修的记载,这篇碑文刻于唐乾宁元年(894),撰者赵耕,碑文曰:

> 君讳路斯，颍上百社人也。隋初明经登第，景龙中为宣城令。夫人关州石氏，生九子。公罢令归，每夕出，子戌至丑归，常体冷且湿。石氏异而询之，公曰："吾龙也。蓼人郑祥远亦龙也，骑白牛据吾池，自谓郑公池。吾屡与战，未胜，明日取决，可令吾子挟弓矢射之，系鼍以青绡者郑也，绛绡者吾也。"子遂射中青绡，郑怒东北去，投合肥西山死，今龙穴山也。由是公与九子俱复为龙，亦可谓怪矣。

这里说到的张路斯天赋异禀，原本是一条龙，却幻化为人形，在人间娶妻，生有九个儿子。张每天晚上都要外出，归来时身体常常又冷又湿，妻子石氏感到奇怪而询问，他说自己是龙，蓼人郑祥远也是龙，与张路斯争夺池塘，难分高下，最后，张路斯在九个儿子帮助下，终于打败并杀死郑祥远，于是张路斯和九子都成为神，颍上遂建"张公祠"，又名"九龙庙"。龙生九子以民间故事的面貌出现在历史的深处，不妨看作是龙文化和生殖文化的合流。

再往上追溯，又有龙生十子的故事，见之于汉代的少数民族传说，其事见《后汉书·南蛮西南夷列传》：

> 哀牢夷者，其先有妇人名沙壹，居于牢山，尝捕鱼水中，触沉木若有感，因怀妊。十月，产子男十人，后

沉木化为龙,出水上。沙壹忽闻龙语曰:"若为我生子,今悉何在?"九子见龙惊走,独小子不能去,背龙而坐,龙因舐之。其母鸟语,谓背为九,谓坐为隆,因名子曰九隆。及后长大,诸兄以九隆能为父所舐而黠,遂共推以为王。后牢山下有一夫一妇,复生十女子,九隆兄弟皆娶以为妻,后渐相滋长。

这是汉代哀牢国的神话传说,为王权统治戴上了神圣光环。哀牢国的这一神话传说,也昭示着母系氏族社会过渡为父系氏族的信息。《吕氏春秋》有云:"昔太古常无君矣,其民聚生群处,知母不知父,无亲戚兄弟夫妇男女之别与上下长幼之道。"故而上古时圣人皆无父,感化而生,实为母系氏族的真实写照。汉朝时哀牢国归汉,后改为永昌郡,九隆的子孙,后来成为白族的祖先。

在南宋洪迈的《夷坚志》中,又可以找到一丝"龙生九子,各有不同"的影子:潼州有一个烧陶大户梁氏,家里有十口陶窑,只有一个窑烧出的陶器模样完好,其余九窑烧出的陶器却是奇形怪状,但是拿到市集上,却有很多人争着买。一天,梁氏梦见龙翁,龙翁说家有九子,居住在九窑中,它们暗中作怪,使其烧出的陶器奇形怪状,但也是因为九子,使其瓷器大受欢迎,获利丰厚。梁氏醒后,建立九龙庙,庙中老龙居中,其九子列于两侧。

（明）彩绘本《金石昆虫草木状》

这类故事同属于龙崇拜语境下的民间叙事。作为帝国象征的龙,在民间话语中有着至高无上的神圣地位,民间故事多有附会。龙生九子,实为龙与其他物种杂交之形,后来用于比喻同胞弟兄良莠不齐,比如赑屃龟形,金猊狮形,狴犴虎形,而人形龙身者,则亦属此序列。近于故纸堆中搜罗龙生九子的古图,多散落于青铜器及建筑、石刻之中,难于捃摭。龙九子图像最为系统者,当属日本学者野崎诚近在其关于中国风俗研究的著作《吉祥图案解题》中所列。此书民国初年出版于天津,其中,龙生九子各有专图,所采用的名目,与明人杨慎所述最为吻合,似是遵杨慎之说绘制而成的图像。九种图像取法古器之形,又有明清版画的流畅线条,现依照九子之序,简述九图如下:

一曰赑屃,龙生九子之首,龟形,力大无穷,能驮巨碑。以龟为碑座,显然是取其长寿与牢固之意,而碑又多为记功、旌表之用。文字摹刻上石,自然希望千年流传,使后人知之,以期不朽。赑屃作为龟形兽,怎会成为龙族?《淮南子》云:"介潭生先龙,先龙生玄鼋,玄鼋生灵龟,灵龟生庶龟。"可见龙与龟早有血缘关系,龟是庶出之子,因此,赑屃被列为龙之子也就不足为怪了。这里的赑屃头部仍似龙形,巨口吞吐,鬃鬣翕张,只不过缺少龙头上的角,触须也大为缩短了。头部以下,便都是龟形了。在故宫、孔庙等古迹处,赑屃的身影随处可见,有的赑屃四腿上还雕出了龙鳞，甚或在身后加一条鳄鱼似的密鳞长尾，极力彰显它与龙的血缘关系。赑屃的存在往往是伴随着帝国的荣耀，帝国烟消云散之时，它驮负的荣耀之碑尚在，着实牢固，它的寿命比帝国还要长久。那些关于不朽的希望，在时间面前不堪一击。

二曰螭吻，是龙头鱼身之怪。螭吻属于舶来品，又名鸱尾、蚩尾，由佛教中的摩竭鱼演化而来，东晋顾恺之的《洛神赋》图中就已出现了摩竭形象。佛教在中土的流传过程中，摩竭吸收了中国龙文化的因素，变为鱼头龙身，成为鱼和龙的合体，谓之螭吻。古建筑的房脊上常见，谓之"脊兽"。《太平御览》载："汉柏梁殿灾后，越巫言，海中有鱼虬，尾似鸱，激浪则降雨，遂作其像于屋，以厌火祥。"可见螭吻善于降雨，最早被用在殿阁防火。螭吻眼圆睁，鼻高翘，以示警觉，龙嘴大张，露出四颗尖牙。时至今日，我们在檐角上常觅得其身影，它以下颚贴住檐角，也有时会吞住屋脊的末端，又谓之吞脊兽。它的鱼尾部分短促而有力，向上弯折，远远高过了头顶，尾尖一直指向了天空，似乎随时都会破空飞去。在旧时的深宅大院，常见螭吻矫健的身影，它的存在，为大宅平添了几分寥落。

三曰蒲牢，似乎是龙的微缩版，也是九子之中最像龙的一位，只不过和龙相比，似乎显得太小了些。这只不起眼的小龙常被安放在铜钟的钟钮上，作为约定俗成的一种装饰纹样。据说蒲牢"平生好鸣",也就是喜欢鸣叫,把它作为钟钮是最为相宜的。《淮南子》载:"间伐楚,烧高府之粟,破九龙之钟。"这里说到的九龙之钟就是以龙为钟钮的一组编钟。看来以龙为钟钮的传统源远流长,乃至后世佛寺之钟也多饰物以龙钮,因而出现了蒲牢之名。蒲牢的鸣叫声响极大,因此能使钟声更加明亮悠远。蒲牢还有一个最大的弱点,就是害怕鲸鱼,每见鲸鱼都要大声吼叫,然后转身逃跑。为了钟声响亮,许多钟槌做成鲸鱼形状,以求达到最大声效。朱琺先生曾谈及蒲牢:"它最擅长发出与其渺小身胚并不相称的宏音,因而往往被神佛囚禁在钟这种乐器兼法器上。"[①]与此同时,朱琺先生认为擅讲鬼怪故事的蒲松龄即蒲牢由海登陆后的化身,是游戏人间的神祇。同样,蒲松龄也是以其渺小的身胚发出了并不相称的宏音,他一身卑微,却至今余响不绝。野崎诚近的蒲牢图取了钟的上半部,此处所绘制的蒲牢为双头龙,取对称之意,双龙弯曲的身形作为钟钮,两只龙头则紧紧叼住了硕大的铜钟,内中另穿铁链便可悬挂,它承担了钟的所有重量,而且要为钟声的大小而负责。

四曰狴犴,是牢狱之神。狱门上的虎头兽就是狴犴,故牢狱又称为狴牢。李商隐有诗云:"手封狴牢屯田制,直厅印

---

① 朱琺:《我们为什么需要妖怪》,《艺术世界》2013年第9期。

锁黄昏愁。"狴犴不仅急公好义,还仗义执言,而且能明辨是非,身兼数种道德家才具备的美德。除了牢狱门外,长官出行时的"肃静""回避"的衔牌上有它在虎视眈眈,以增添长官的威仪。传说狴犴像古代神兽獬豸一样,能在公堂之上辨出善恶,把有罪之人吃掉。人们宁可相信兽的判断,也不相信人有公正。野崎诚近所绘的狴犴图是衔牌上端盘踞的虎头,它两只前爪抓住衔牌上端的两个方角,每只爪有三趾,并露出锐利的爪尖。衔牌的主体部分隐去不绘,旨在重点突出狴犴的形象,它的身子躲在衔牌之后,只把头探出衔牌顶端,似乎有意遮掩形迹。它齐整的牙齿之外又有两颗獠牙,抬头纹和小耳更见城府,它似笑非笑,神情暧昧,这种神态似曾相识——无论如何也难相信此君是善类。

五曰饕餮,商周青铜器上的常客。《吕氏春秋》载:"周鼎著饕餮,有首无身,食人未咽,害及其身,以言报更也。"《左传·文公十八年》云:"缙云氏有不才子,贪于饮食,冒于货贿,侵欲崇侈不可盈厌,聚敛积实不知纪极,不分孤寡,不恤穷匮,天下之民以比三凶,谓之饕餮。"据说缙云氏的"不才子"就是蚩尤。黄帝战蚩尤时,蚩尤被斩首,头颅落地而化为饕餮,最喜暴饮暴食,贪得无厌,它有头而无身,吞噬一切,而后漏尽,是天下至为残暴的凶兽,故而常用在煮肉的鼎盖上,起到警醒之意。饕餮与龙的关联甚少,不知何时被归之于龙的子孙,可见"龙生九子"这一概念的拼凑本质，更像是上古神兽的一次集中编队。野崎诚近的饕餮图改绘自青铜器纹样，这个有着狮鼻和鬈发的怪兽，正扇动着肉翅，张着无所不吞的血盆大口迎面飞来，仿佛要映照出我们心中的无尽贪欲。眼下正是盛产饕餮的年代，物质过剩，贪欲却似饕餮一般难以餍足，每见饕餮图，便暗生怵惕。

六曰蚣蝮，又名霸下，俗称避水兽，生性爱水，常见于桥梁之上。据称有此兽镇住大水，桥梁便可无虞，可见蚣蝮在桥梁建设中的襄镇功效。蚣蝮像龙，身比龙小，头比龙扁，身比龙粗短，更接近蜥蜴、鳄鱼之类的兽形，流线型的身躯，似乎更通水性。野崎诚近笔下的蚣蝮趴在桥洞顶端，俯瞰着河面的滔滔流水，丝毫不知厌倦。它肥硕的上身露出石桥，尾部却陷入石桥之内，杳不可见。走过古石桥，在拱桥顶端就会看到蚣蝮的孤单身形，它的年华并未随流水老去，相反，是变动无常的流水在它的眼中老去。

七曰睚眦，即刀剑上的龙形纹饰，或作为刀环及剑柄的吞口兽。睚眦平生喜好杀伐，借其威以壮兵刃之势。睚眦本意为瞪眼怒视之意，故皆从目。《史记·范雎传》说范雎心胸狭窄："一饭之德必偿，睚眦之怨必报。"后来衍生出成语"睚眦必报"，是为睚眦的本来意义。睚眦的仇恨，成了兵刃上的抽象符号。野崎诚近笔下的睚眦取战斧之形，内中有两只睚眦，头颅似豹，一只睚眦朝天吐出尖刺，另一只睚眦朝左侧吐出月牙形的斧刃,它们以尖刺和锋刃为口舌,杀气腾腾,令人难以直视。

八曰狻猊,是外来物种。《尔雅·释兽》云:"狻猊如虦猫,食虎豹。"郭璞注曰:"即狮子也,出西域。"彼时的狮子,还是被当作神兽的,相当于传说中的麒麟、白泽等怪兽。因其喜欢烟雾、好踞坐,所以被放到了香炉上。李清照词"香冷金猊"即拿狻猊代指香炉。在某种语境下,狻猊完全可以成为香炉的代名词,可见二者契合度之深。《香谱》曰:"香炉以涂金为狻猊之状,空其中以燃香,使香自口出。"野崎诚近的狻猊是对香炉的摹写,兽头为香炉盖子,兽四腿为香炉腿,是为古代香炉制式之一例。自从有了这种制式,狻猊这只怪兽就整日踞坐,喷云吐雾。

九曰椒图,似螺,疑似自闭症患者,取其作为宅门的吞环之兽,避免宵小之辈进入,起到保家护院的作用。《后汉书·礼仪志》云:"商人水德,以螺首慎其闭塞,使如螺也。"即言螺的闭合功能。《百家书》载:"公输般见水蠡,曰:开汝头,见汝形。蠡适出头,般以足画之,蠡遂隐闭其户,终不可开,因效之,设于门户,欲使闭藏当如此固密也。"水蠡是一种形似螺蚌的水中怪兽,鲁班以能工巧匠的绝世画功,偷偷用脚画下了它的真形,虽然中途被发现,但仍留下了草图,估计细节部分要靠记忆和想象来复原。鲁班以此作为椒图的设计样本,用之于门户的设计。野崎诚近的椒图作兽形,一张鬼脸口吞门环,取幽闭之意,兼具门神的某些功能,使鬼魅不敢进犯,门户得以平安。

龙生九子是古代怪兽的一次大整理,与此同时,神秘的龙文化已非帝王专有,终以九子的形式实现了文化下移,开始进入市井之中。来自上古时代的怪兽,也随着世间的推移而法力渐失,乃至进入寻常百姓之家。

卷三

童年阴影

上吊的图像史

上吊就是用悬挂在高处的绳套环颈自杀，又称自缢。古时以此法自杀的人不在少数，这是一种比较体面的死法，可以在不伤害身体发肤的前提下赴死；而人的脖颈套在绳索之中，呼吸的通道锁闭，悬空状态下无法脱出，即便后悔，也难自救。

较早出现在史料记载中的自缢者是春秋时的晋国太子申生。申生的父亲晋献公宠信骊姬，生下一子，骊姬打算立自己的儿子为太子，于是开始处心积虑地陷害申生。适逢申生献肉给晋献公，骊姬命人在肉中下毒，晋献公刚要吃肉，骊姬出面阻拦，命左右试肉，用肉喂狗，狗死，给宦官吃，宦官也死。晋献公大怒。有人劝太子申生前去申辩，申生却说："国君年老，如果没有骊姬，就会寝食不安。我若申辩，骊姬必定有罪。骊姬有罪会使国君不高兴，我也会因此而内疚。"还有人对太子申生说："那您可以逃到其他国家去避难。"申生说："国君还没有查清我的罪过，带着杀父的恶名逃奔，谁会接纳我，我还是自杀吧。"不久，太子申生在新城曲沃上吊自杀。

伯林雉经　清刻本《离骚图》

申生的死，用今天的眼光来看，确是有些痴气，而他虽有贤名，却也未能跳出他所在的时代。屈原在《天问》中有"伯林雉经，维其何故"，通常认为伯林即申生的字，屈原从中看到了忠与命的不可兼得，后来他也未能走出这个怪圈。明代画家萧云从的《离骚图》中有申生自缢的场面，戴着高冠的贵公子用绳索自悬在树上，四下里空寂无人，只有溘然长逝的生命，在半空中悬置。绘画中出现上吊的情境，这是极为罕见的。国人喜祥瑞，热衷于趋吉纳祥，上吊的场景不祥，因而少有画家涉及。

申生之后，又有齐国人王蠋，此人是齐国退隐大夫。燕将乐毅攻破临淄，一路势如破竹，齐愍王逃奔莒州。乐毅听说王蠋是当世大贤，使人重金请他。王蠋说：与其屈从敌人，不如以死激励国人。《史记》载，王蠋"经其颈于树枝，自奋绝脰而死"，齐人大受震撼，共奔莒州，图谋复国。法国传教士禄是遒（Henri Dore）于清末来华，作《中国民间信仰》，其中有一幅王蠋自缢的彩色画像；王蠋悬在树上，画面最下方还有他踢翻的木凳，凳腿朝天，突如其来的动荡已然恢复平静。

与之相似的，还有李后主的大臣陈乔，也是国破而自缢。赵匡胤命大将曹彬攻打南唐国都金陵，城将破，李后主写下降书，准备出城请降，陈乔劝谏："自古无不亡之国，降亦无由得全，徒取辱耳，请背城一战。"李后主不听，陈乔遂自缢而死。明刊本《人镜阳秋》中有一帧版画，记陈乔自缢时的场面；他踢倒脚下的方凳，脖项中的绳子即将勒紧，画面在这一刻定格，尤令人感慨唏嘘。陈乔之死令李后主颇为尴尬。后来果如陈乔所言，投降后的李后主日子并不好过，最终被鸩杀，未能保全自己。

陈乔自缢　明刊本《人镜阳秋》

相对于李后主的软弱，声称"君王死社稷"的明朝末代皇帝崇祯倒是硬气得多，他的上吊更具有象征意义，在走投无路之际想到上吊。十六世纪的一幅欧洲铜版画中，兵燹遍地，右侧悬在树枝上的人，就是崇祯。崇祯帝自缢于煤山，标志着江山易主，面对绳套时，在环状的闭合区域中，他看到宫殿上火光冲天。

王公贵族的自缢，是一种体面的死法，一条白绫，也非普通百姓能用得起。在民间，目睹上吊者的经验不在少数。廉价的麻绳带来的痛苦更甚，自缢而死者眼睛突出，舌头伸出唇外，种种惨状，皆是触目惊心的视觉经验。

民间传说中的黑白无常，白无常即是吊死鬼。白无常名叫谢必安，黑无常名叫范无救，二人是莫逆之交。范谢二人出行，正逢下雨，谢必安回村去拿雨伞，让范无救在河边等待。结果雨势暴起，河水上涨，范无救不愿失信，所以仍留在原地，被水淹死。谢必安回来后痛不欲生，吊死在河桥的廊柱上。黑无常的死，是为了信，白无常的死，是为了义，这二人后来成为地府中勾摄生魂的使者。

流传较广的上吊故事，还有汉乐府《孔雀东南飞》中所记的一则，女主人公刘兰芝，男主人公焦仲卿，一个"举身赴清池"，一个"自挂东南枝"，双双殉情而死。还有为数更多的赴死者，躲在历史的褶皱里。

年画上的妖怪

年画始于古时的"门神画"。据记载,汉代时已经有门上张贴门神之像的习俗,历代沿袭不绝,在清代时趋于成熟,有风俗、仕女、花卉、戏曲、神佛等百姓喜闻乐见的题材。年画用于春节时张贴于居室内,有烘托节日气氛、祈福纳祥、驱鬼辟邪等美好寄托。

年画虽以喜庆吉祥的内容为主,却也有例外。清代桃花坞年画的图样中,有几张以妖怪为主题的年画,可称得上是群魔乱舞、妖气纵横。苏州桃花坞年画始于明代,鼎盛于清朝雍正、乾隆年间,色彩鲜艳,笔触工稳,确有江南水乡的细腻。这组妖怪年画声称以《山海经》《五国奇谈》等古书敷衍而来,于是画片上的题名为《山海经各种奇样精妖》《五国奇谈精怪》《四海野人精》等名目。后来这一系列又有过新版,在原先的名目之前加上"新镌"二字以示区别。这些妖怪年画的印制,似乎是为了做成走马灯,将妖怪图样剪下,安装在走马灯的飞轮之上,即可旋转如飞,同时又可作为整张年画来张贴。

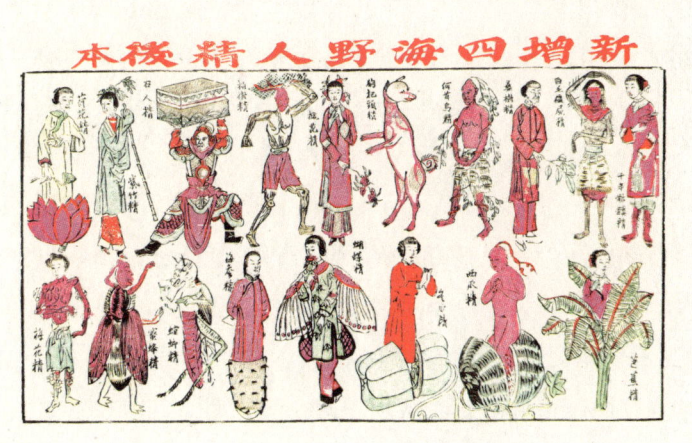

▲ 新增四海野人精前本
▼ 新增四海野人精后本

至于画面的内容，则颇为吸引人，比如《山海经各种奇样精妖》中有青蛙精、黄鳝精、金锦鱼精、泥鳅精、黑鱼精、毒蛇精等十八种妖怪，多是动物成精。《五国奇谈精怪》中有木桶精、烟枪精、夜壶精、马桶精、扫帚精、桌子精、椅子精等二十一种妖怪，多是日常器物成精。《四海野人精》中有荷花精、紫竹精、石人精、柏树精、桃花精等十八种妖怪，多为草木竹石之精。

在这几种妖怪年画中，我们不难发现一些来自传统中的蛛丝马迹。《山海经各种奇样精妖》中的鱼精、蛇精，明显脱胎于《山海经》中的兽身人面的组合方式。用这一模式推演，又得到壁虎精、蜻蜓精、青蛙精等新的组合，虽然打着古书《山海经》的幌子，但这些形象都是民间画师自创的了。

图写精怪，无疑是在向《山海经》的伟大传统致敬。《五国奇谈精怪》中的器物成精，也是一种古老的传统，已经散佚的《白泽图》中曾提到金之精、木之精、玉之精，即是此类。《异苑》中又有扫帚作祟的故事，这一传统后来传到日本，妖怪画家鸟山石燕绘制了卷帙浩繁的《百器徒然袋》，日常器具皆被描绘成了妖怪。

绘制妖怪图像，被认为具有祛魅辟邪的效果，其渊源来自大禹造九鼎。《左传·宣公三年》载："昔夏之方有德也，远方图物，贡金九枚，铸鼎象物，百物而为之备，使民知神奸，故民入川泽山林，不逢不若，魑魅魍魉，莫能逢之。"也就是说，鼎上刻画着各地毒虫猛兽、鬼神精怪的图像，使百姓提前防备。也有观点认为，《山海经》即是大禹九鼎上遗存的纹样。按民间风俗，画鬼怪之形，使鬼怪知人早有防备，从而退去，不再为害，这是一种上古巫风的遗存。

桃花坞年画中出现的妖怪形象，与当时的吴地百姓"好巫鬼，重淫祀"的风俗习惯有关，对于妖怪，多抱有"宁信其有，不信其无"的态度，甚至对妖怪饶有兴致。于是，年画中的妖怪多半天真活泼，一脸的无害，穿着打扮为清代人的日常装束，生活气息浓郁。图谱式的集中展示，男女老少在年画中指认妖怪，乐在其中，除却辟邪功能之外，又增加了娱乐功能。人们对妖怪的浓厚兴趣，在各种文化类型中都较为普遍，可以证得人们对未知世界的好奇。

妖怪形象在年画中寻得了与日常生活审美的对接之路，因而得以集束式爆发，呈现出枝蔓芜杂的妖怪体系，恐怖与奇幻退隐，趣味与诙谐代之而起。然而，妖怪鬼神的题材后来渐与年画分离，多在民间纸马中出现，用于祭祀活动，在年画中，妖怪图只是偶尔一现。

年是一头怪兽

每逢年关将近,又听到那个耳熟能详的故事,说的是古时候有一种叫作"年"的妖怪,它从山上下来,进入村庄,能使人们患上寒热之疾。这种妖怪专门携带疠病,人人闻之色变。然而这妖怪虽然凶恶,却也有弱点,它最怕火中烧竹子时的爆响,于是人们便在它下山的这天点燃竹子,把妖怪惊走。人们又在燃烧的竹子里装进了硝,点燃后声响更大,这就是后来的爆竹,燃放爆竹后来也成为年俗中的重要一环。据说鞭炮冲天的火光和巨响,可以震慑"年"之类的妖怪。

这个故事,可能和你母亲讲的不太一样,但大同小异,都是把"年"比作怪兽,燃放爆竹将其惊走,谓之"过年"。

显然,这是较为晚出的神话传说。若往上追溯,"年"这种妖怪的原型叫作山魈,是一种山精。据《荆楚岁时记》载:"正月一日,鸡鸣而起,先于庭前爆竹,以避山魈恶鬼。"山魈的历史,则可上溯到《山海经》中的枭阳国人,枭与

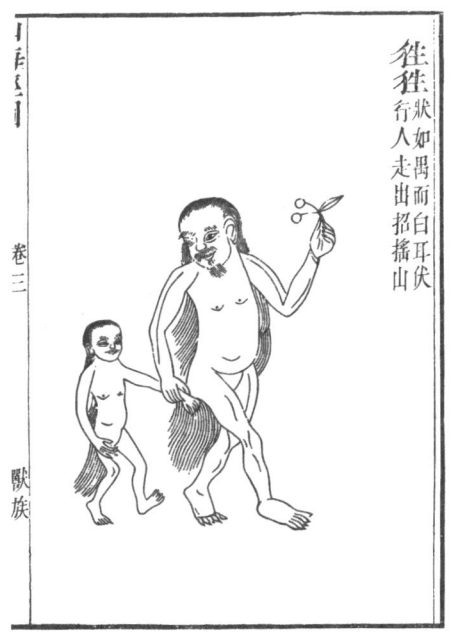

狌狌

魈互通，亦称枭羊，民间称之为山大人，枭阳即山魈、山精之类。《山海经·海内南经》载："枭阳国在北朐之西，其为人，人面长唇，黑身有毛，反踵，见人则笑，左手操管。"这里提到的枭阳样子像人，嘴唇长可遮过额头，浑身黑毛，脚掌朝后，披发，手执竹筒。这类妖怪喜欢抓人，抓到人后便仰天长笑，大笑之时，长唇翻转，盖住了额头，直到笑够了，才开始吃人。对付这种妖怪，《异物志》中记载了一个巧妙的办法：拿大竹筒套在手臂，靠近山魈，山魈抓人，一般是扯住人的手臂，却抓住了竹筒，趁山魈大笑之时，人从竹筒里抽出手来，用刀把山魈的长唇扎在额头上，即可擒住山魈。所以郭璞在《山海经图赞》中说"获人则笑，唇蔽其目，终亦号咷，反为我戮"。

枭阳算是比较古老的形象了，其事迹在传播过程中，又有不同程度的杂糅。比如韦昭注《国语·鲁语下》说："夔一足，越人谓之山缫，富阳有之，人面猴身，能言。"山缫即山魈，这是将山魈和一足夔混杂。夔本是《山海经》中一只脚的牛形怪兽，生活在东海的流波山，上古神话在民间流传，使夔由海登陆，与山魈混杂，故而山魈的形象又有独腿者。

《神异经》中又写到了山魈爱吃虾蟹的习性："西方深山中有人焉，身长尺余，袒身，捕虾蟹，性不畏人，见人止宿，暮依其火，以炙虾蟹。"由这种习性来看，山魈或许是一种生活在山间的食蟹猴。《神异经》中又写道："人尝以竹著火中，爆烞而出，魈皆惊惮。"这里提到了以爆竹惊走山魈的方法，似乎是对《山海经》中枭阳受制于竹筒的演变，而这里记载的爆竹的方法，是"年"这种妖怪传说的古老源头。《神异经》中还说山魈"犯之令人寒热"，用现在眼光来看，似乎是说山中的猴类携带传染病，使人受到感染，因此被看作是妖怪。

《神农架野人专辑》 1980年

神话学家袁珂认为，山魈是夔的一种变体，是猴形的独脚精怪，后来山魈演变为大禹治水所遇到的水妖无支祁。无支祁是尧舜禹时代的奇妖，也是有史以来最有神通的第一奇妖。无支祁出生在豫南桐柏山中的花果山，为天生神猴。后娶龙女为妻，生了三个儿子，都是神通广大的魔头。他自为淮涡水神，在淮河中建有龙宫，其势力波及黄河中下游和长江中下游。无支祁的形象在唐人李公佐的《古岳渎经》中被描述为"形若猿猴，缩鼻高额，青躯白首，金目雪牙，颈伸百尺，力逾九象，搏击腾踔，疾奔轻利"，后来无支祁又演变为《西游记》中的孙悟空。这是山魈故事的一条秘密通道。

可见，上古时代的神兽以多种形象保存在后世民间信仰中，年代愈久远，发生的形变也就越剧烈，甚至难以辨识。山魈的演变之路，就颇见妖怪考稽之难，民间信仰与原始神话的相互侵染，也使这种难度不断升级。

在中国的志怪传统中，通常认为妖怪耗人精气，令人虚弱，年也是如此。作为时间的标尺，年兽的频频出现，催人老去，怎能不令人恐惧？而这古老的恐惧，相当于对妖怪的恐惧，将年比作妖怪，实在有深意存焉。

魂兮归来：家堂上的鬼神

家堂轴子是一幅卷轴画，大年三十这天请出来，挂在正堂，一直悬挂三天，摆了贡品祭祀。人们认为祖先的鬼魂会在过年时回来享用祭品。家堂轴子集年画、纸马和家谱的功能于一身，在汉族的年俗仪式中充当着重要的角色，至今仍多有使用，但却常被忽略。

家堂轴子的尺幅颇大，高近两米，宽也有一米五有余，加上两侧的瓶花轴子，几乎可以占去正厅的整面墙壁。家堂轴子上有一座高大的宅邸，门前有一群身着官服、头戴乌纱的官员，互相拱手寒暄，一派祥和欢乐的氛围。在官本位为主导的年代里，衡量人才的唯一标准就是做官，这些官员形象，寄寓着本族人才昌盛的美好祝愿。若绘制新式的家堂轴子，官服乌纱也要换成西装革履白衬衣，高头大马也要换成进口轿车。

这些官员相貌堂堂，意气风发，符合民间对大人物的想象。他们心宽体胖，浓眉大眼，眼角眉梢还隐隐有不易察觉的神秘微笑。他们的轮廓以版画工艺印制而成，衣服颜色手工罩染，衣纹用稍深的笔触勾勒，脸上罩了粉色，面色红润，眼眶以内用淡墨扫了一下，有了明暗之分，显得眼眶深。他们之间眼神交流颇多，互相照应，其间又有老人和孩童，也都身着官衣，显然是官宦之家的装束。

狮子出现在大门的两侧。鬈发的狮子，是外来怪兽的风貌。在古代，人们认为外国人多有鬈发，而外来的狮子也该是鬈发的，因而门前的石狮子也是一头大波浪，背后的毛发也是弯曲的，浑身是耀眼的蓝，点缀了些红色，光彩夺目。狮子脚踩的绣球纹样匀称而又有连续性。狮子脖子上挂着铃铛，人们想用狮子看家护院，其作用相当于看门犬。

大宅的正门写着"祠堂"二字，原来是本族的祠堂。门上的对联是："俎豆千秋永，本支百世长。"俎豆是祭祀用的两种器具，用来盛放食物，平盘为俎，高脚为豆，这副对联的意思是希望家族的祭祀千秋永在，这一支脉可以绵延百世。侧门上的对联是"一夜连双岁，五更分二年"，说的是除夕之夜的时间交替，新年旧年在半夜里悄悄完成了更迭。

祠堂的内部结构一目了然，高墙并未遮挡视线，沿着甬道进入祠堂的正门，是海上日出的照壁，一轮红日喷薄而出。绕过照壁，院落里有鹿与鹤在游弋。鹿与鹤象征长寿，所谓"鹿鹤同春"，这两种动物介于神话与现实之间，是人们喜闻乐见的祥瑞之兆。

家堂轴子

家堂轴子局部

再往里，是长长的甬道，青砖铺地，往前有团花的蒲团，供跪拜用。甬道也是祠堂的中轴线，以这条线为基准，两侧对称。祠堂的正当中，供奉着祖父祖母神像，这是众多祖先的代表，这相当于民间纸马中的祖先神像。在中国的传统中，人们认为去世的祖先仍然会对现世施加影响，礼敬祖先便会获得庇佑。

在甬道两侧，是密密麻麻的方格，里面写着本族先人的名字，右侧是男性祖先，左侧是与之相对应的女性祖先。金字塔的顶端是本支的祖先，由他往下，家族开枝散叶，有了今日的规模。这部分方格,即祠堂建筑体系中的祖先神位,也相当于一份家谱。几百年前,有一位祖先在这里定居,在他身后,瓜瓞绵绵,家族繁衍为一座村庄。

在家堂轴子的两侧,还有两幅瓶花轴子,一般是按"东莲花,西牡丹"的顺序悬挂,花瓣的笔触泼辣,有着民间元气的野逸。花的上方有凤凰飞过,象征着好运的降临。

家堂轴子是一种民间艺术,有着丰富的民间符号与吉祥纹样,是为数不多的还有实用功能的活化石。这是宗法制度在民间的余絮,亦是祖先崇拜的旧俗,追其源流,已有两千多年的历史。

家堂轴子里的祠堂即家庙,本是实用的建筑,族人祭祀祖先,并举办婚丧嫁娶等事宜,有时兼有私塾的功能。在二十世纪六十年代,北方的祠堂基本被拆除,人们将这座记忆中的大宅搬到了纸上,使其得以延续。而不久的将来,这座纸上的大宅将再次面临危机,在轰轰烈烈的城市化进程之中,搬到楼房的人们,无处悬挂巨幅的家堂轴子。那座飞檐斗拱的大宅,将遭遇第二次覆亡。

狗血的文化史

一

作为人类最早驯化的动物之一，狗与人的关系最为密切。早在原始社会，狗就进入了先民的日常生活。从现有的考古发掘来看，诸多新时器时代的遗址中出现了狗的骨骸，以及狗形的陶器，这些遗址距今已经有上万年，可见人与狗的亲密关系由来已久。然而，作为"人类的好朋友"，狗却是古人重要的祭品，甲骨文中多次提到犬祭，有一条甲骨卜辞中写道"三犬，此雨"，说的即是用狗向雨神献祭。

后代祭祀多沿用犬牲。《史记·封禅书》载："秦德公时，磔狗邑四门，以御蛊菑。"磔是指分裂牲体以祭神。相似的记载还见于东汉应劭的《风俗通》："盖天子之城，十有二门，东方三门，生气之门也，不欲使死物见于生门，故独于九门杀犬磔禳。"大意是说，天子之城有十二个门，东西南北各三门，东方三门朝向太阳，是生门，不能见死物，所

绿釉陶狗　（东汉）

以在其他九个门杀狗来祈祷消除灾祸。《荆楚岁时记》中又有涂狗血于门的习俗，为的是借助血光之气来辟除邪气。借助狗血来禳灾纳吉是上古巫风的延续，终于进入了民俗文化心理的细部，成为一条若隐若现的灰线。

二

古时巫医不分，许多疗法带有巫风，狗血在医古文里又有着神奇的疗效。《本草纲目》里还提道："术家以犬为地厌,能禳辟一切邪魅妖术。"因此,狗血也能祛除病魔。《本草纲目》里提到狗血也是一味药,"热饮,治虚劳吐血,又解射罔毒。点眼,治痘疮入目。又治伤寒热病发狂见鬼及鬼击病,辟诸邪魅"。《肘后方》载:"治疗疮恶肿,白犬血频涂之。"《别录》亦载:"乌狗血,主产难横生,血上荡心者。"这些记载表明,狗血主要功能除了治疗癫痫,还能治疗疮恶肿、痘疮、肠痈惯常疾病。

《搜神记》提到了神医华佗用狗血来治病的故事,说的是河内太守刘勋的女儿左膝生了恶疮,这疮生得奇怪,"痒而不痛,疮愈,数十日复发,如此七八年"。刘勋请华佗前来治疗。华佗看了,让刘勋找来稻糠色的黄毛狗一条,好马两匹,然后用绳索套住狗脖子,让马拽着狗跑,马疲惫了就换一匹,马跑了三十多里路,狗跑不动了,又叫人步行拖着狗走,共走了大约五十里。华佗拿出麻醉药给刘勋的女儿服下,此女不省人事后,华佗用刀切开狗的肚子,把砍开的狗腹对着疮口,不多时,有一条像蛇一样的怪虫从疮里冒出头来,华佗就用铁锥横穿蛇头,蛇死,被华佗拽了出来,足足有三尺多长,蛇形,没有眼珠,鳞片逆生。华佗用药敷在疮口,七天疮就愈合了。这个故事看似荒诞不经,但似乎也有所依凭,疮口里的蛇,或许是一种寄生虫,狗在剧烈运动之后,血变得格外炽烈,寄生虫嗜血,狗血的气味可把寄生虫引出来。

当然，这些药方慎勿模仿，也不必苛责古人，在当时的历史语境下，这或许是不二之选。由特定观念中生发出来的主观愿景，正在与疾病做着殊死搏斗。

三

狗血还能破除各种法术。在百姓喜闻乐见的《三国演义》中，刘、关、张刚出道时，与黄巾军交战，遇着了黄巾军的头领张宝，这张宝会妖术，"披发仗剑，作起妖法，只见风雷大作，一股黑气从天而降，黑气中似有无限人马杀来"。刘备等人不敌，次日再次出战则做了充分准备，他们"伏于山后高冈之上，盛猪羊狗血并秽物准备"，等张宝作法时，将这些东西泼出去，"但见空中纸人草马，纷纷坠地，风雷顿息，砂石不飞"，张宝的法术就这样被破了，大败而逃。

与之相似的操作还见于《封神演义》：张奎捉了杨戬进城，因为杨戬有法力，张奎的夫人高兰英想到了杀杨戬的方法："将乌鸡黑犬血取来，再用尿粪和匀，先穿起他的琵琶骨，将血浇在他的头上，又用符印镇住，然后斩之。"结果这一招数也没奏效，杨戬还是逃脱了。看来，洒狗血这种方法并不是万能的，屎尿等秽物有时也一起用，这些生化武器或许只能破除一般的法术，面对高深的法力，也是难以奏效。

陶狗 （东汉）

《聊斋志异》有一个算命的施法害人，受害者找他算账，老远望见了，这个算命的却忽然不见了，有人认得这把戏，"此翳形术也，犬血可破"。翳形术就是隐身法，"急以犬血沃立处，但见卜人头面，皆为犬血模糊，目灼灼如鬼立，乃执付有司而杀之"。被当头泼了狗血之后，法术也就破了，血淋淋的煞是狼狈。

狗血破了妖术，被破者狼狈不堪，引申出"狗血喷头"这个成语。兰陵笑笑生《金瓶梅词话》第六十四回："一清早辰，吃他骂的狗血喷了头。"吴敬梓《儒林外史》写到范进想去赶考而没有路费，就去找他老丈人胡屠夫借钱，结果一见面，"被胡屠夫一口啐在脸上，骂了一个狗血喷头"。这些遭遇，想必都是狼狈至极，人生在世，难免会遇到这样的窘境。

四

除了破解法术，狗血还可以用来对付鬼怪。狗属阳，鬼属阴，按这个逻辑，鬼应该怕狗血。什么僵尸恶鬼，大都取狗血来驱鬼。黑狗血最为灵验，据说二郎神的哮天犬即是黑色，是一条神犬，故而有此一说。

民间对付僵尸有三件法宝，分别是黑狗血、驴蹄子和糯米。遇到僵尸，先泼黑狗血；趁着血光，再用驴蹄子拍到僵尸身上，即可将其拍倒；然后撒糯米，僵尸就不会再作怪。明人谈迁的《谈氏笔乘》提到了狗血对付僵尸："洛川县某死，戚属夜侍，各假寐，尸忽蹶起，遍吸诸人口，其一惊走掩户，尸追出，格于户，相抵，诘旦人集，噀以犬血，尸始仆。"狗血一洒，僵尸立刻倒下，可谓灵验。

袁枚《子不语》写到了河间府丁某与一狐仙结交，该狐魅惑一民间女子，后来丁某见了该女子，与之私通，被狐知道了。这天晚上丁某又来女子家，钻窗户时，狐在暗中捣鬼，让丁某失足坠落，女家父母出来看，以为丁某是鬼怪，于是"先喷狗血，继沃屎溺，针灸倍至，受无量苦"，这些是当时居家必备的驱逐鬼怪的装备了，见到疑似妖怪者，也会立刻操作一遍。

蒲松龄的《聊斋志异》中有一篇《莲香》，说的是宜州人桑子明与女鬼莲香相好，怎奈人鬼殊途，不得团聚。不想十四年后，有老妪前来卖女，桑子明见了大吃一惊，正是莲香的相貌，原来是莲香转世，但已经不认得桑子明了。她说："妾生时便能言，以为不祥，犬血饮之，遂昧宿因。"原来，喝狗血还能忘记前世，她在幽冥世界走了一遭，仍然不肯忘记前世，可见执念之深。那些热辣辣的狗血带着腥气奔流入腹，前世的记忆立刻漫漶不清，直到见了桑子明，才如梦初醒。狗血只是把她的前世记忆封印了，遇到合适的机缘，又会重新解封。

这些小说带有许多市井趣味，掺杂了民间的观念，既是百姓耳熟能详津津乐道的，又成为可供借鉴的方法。观念上的积淀越来越深，甚至成为一种隐而不彰的秘术，时时要小露峥嵘。

五

火药和火器出现以后,那边枪炮一响,这边人就倒下毙命,这是难以理解的一种现象,便归之于妖术。据李化龙《平播全书》载,四川播州土司造反,巡抚李化龙下令用火炮轰击,土司以为火炮是妖术,就令数百名女人裸体站在高处来对敌。在中国古代的神秘文化中,除了狗血,粪便、女人阴户等都可以破妖术,而李化龙做出的应对是:"以狗血泼之。"方以智《物理小识》也提到了类似的场景:张献忠围攻桐城,守城兵将在城上架炮,张献忠逼迫女人"裸阴向城",城上火炮居然哑火,但官军立即"泼狗血、烧羊角以解之,炮竟发矣"。

交战之际的巫术斗法,显然是无稽之谈,但这些"狗血"却颇有市场,在热兵器的时代到来之际,狗血继续扮演着尴尬的角色。到晚清时,"扶清灭洋"的义和团把这些民间巫术发挥到了极致。在义和团看来,洋鬼子的金发碧眼红胡子是鬼怪,伤人的枪炮就是妖术邪法,而义和团则是神仙附体,这是神制服鬼怪之战。大学士徐桐说:"拳民神也,夷人鬼也,以神击鬼,何勿胜之有?"在这种观念的驱使之下,拳民胆气大壮,于是,岳飞、杨六郎、关羽等尊神纷纷附体,甚至连李白和杜甫也附到了拳民身上,做诗文以鼓舞士气,巫术、曲艺、愚忠等驳杂交错,实可谓集大成。

通过模仿借鉴小说和戏文中的桥段，洒狗血的方法也开始流行起来。义和团拿狗血去泼洋枪洋炮，结果丝毫不起作用，还有的端着童子尿和粪便等污秽之物上阵，结果不仅没能破了洋人的妖术，还白白送了性命。悲壮的阻击，这是两种不同文化之间的较量，彼时世界日新，而国人尚未醒，今天再来回望这段历史，仍让人尴尬难言。

六

眼下，狗血已是个常用的网络词汇，用来形容影视剧的低劣，或者用来评判某些社会新闻的荒诞离奇。二十世纪九十年代港台影视业鼎盛时期，香港电视剧经常拍摄鬼片。反复出现的桥段就是中邪后要洒狗血驱邪，狗血可以写符咒，还可以用来布阵。但后来模仿者甚众，狗血便用来调侃影视剧没有新意。狗血原本是名词，后来也演化为形容词，比如说某件事"很狗血"。

狗血的故事还在上演。近来看到新闻中有一湖南长沙的男子买了新车，杀狗在轮胎上洒血辟邪。用今天的眼光来看，这是古老巫术的"返祖现象"，无疑是迷信之举。与此同时，爱狗人士纷纷站出来声讨，这倒是古时未曾有过的群体，也不知这算不算是进步。但不知这位车主的知识储备来自何处，是来自父辈的故老相传，还是来自古老的乡土记忆？

清明节的鬼怪

一

清明本是二十四节气中的一个,却单独拿出来成了一个节日,是二十四节气里最为特殊的一个。清明节约起源于周代,距今已有两千五百多年,因与寒食节时间接近,后来渐渐融为一体。在清明时节,天气回暖,春回大地,到处一派勃勃生机,万物皆显现出"清净明洁"的一面,故谓之清明。

清明也是民间扫墓,追思先人的日子。清代李庆辰《醉茶志怪》载:"每清明、中元节、年终,鬼必还家取纸钱。尝见其家贫有不焚者,则鬼徘徊门左,状甚凄楚,至有零涕者。"看来,春暖花开的清明时节,却也是鬼怪出没之时。在清明这天,人们采折柳枝,插在门前,佛教传入中土以后,观音菩萨的玉净瓶中有柳枝,可以避邪魅。门口插柳枝的习俗,据说是对观音的模仿,可以防止野鬼入门。

鬼雄图之一　罗聘 作

鬼雄图之二　罗聘　作

二

据说鬼在清明节来到人间，四处游荡。在袁枚的《子不语》中，有一篇《鬼乖乖》，说的是金陵葛某性情豪爽，喜欢喝酒，也喜欢戏弄人。清明节这天，葛某和四五个朋友去雨花台游玩，见台旁有一朽坏的棺材，其中露出了红裙，同伴就说："你见了人就戏弄，敢戏弄这棺材里的死鬼吗？"葛某笑道："不妨试试。"他走到棺材前，招手说："乖乖吃酒。"众人都佩服他胆子大，一笑而散。葛某回家，背后有个黑影说："乖乖来吃酒。"葛某知道是鬼，便向身后招呼："鬼乖乖随我来。"到了酒店，叫了一壶酒，两个杯子，和鬼共饮。过了一会儿，葛某摘了帽子放在桌上，对鬼说："我下楼解手，马上就来奉陪。"说完急忙跑回了家。

酒保看见客人走后丢了帽子，便窃为己有，当天晚上被鬼缠上，天明时自缢了。店主人知道后，说："认帽不认貌，乖乖不乖。"看来，这个鬼只是记得帽子，却不记得人，是鬼中较为蠢笨者。后来清末的《点石斋画报》中重绘了这个故事的场景，题为《智赚缢鬼》，图中的葛某匆匆离开酒店，将帽子放在桌上，他对面的座位上空空荡荡，正坐着一个看不见的鬼，既诡异又不失风趣。

《子不语》中还有一则《鬼圈》，也是清明节遇鬼的故事。乾隆朝的侍郎蒋元益之子清明这天和几个朋友在京城游览愍忠寺,一行四人,踏青游玩。路过一处荒地,看到一处宅院,其中有琵琶声,进去一看,有一个女人背朝外,在弹琵琶。这时女子突然回头,变成青面獠牙的猛鬼,直扑过来,四人赶紧逃走。跑了一阵,众人停下脚步,见后面并无猛鬼前来追赶,都以为方才眼花,于是各持木棍,再次前往,看到有四个黑面人坐在那里等着,手里拿着铜圈套人,被套中的人都跌倒,浑身无力,正在危急关头,有人策马路过,鬼便不见了。四人回家以后,各自病了十几天。先前那个女子是鬼,后来用铜圈套人的四个黑面人,似乎是僵尸之类,而那座大宅,也应是鬼变化出来的幻景。

这些鬼故事都发生在清明节,可惊可愕,阴森可怖,与清明时节的明媚春光形成了巨大的反差,它们的出现,似乎是故意来煞风景的。当时人们认为清明节是祭奠先人的日子,故而有鬼出没,享用祭品,便附会出了诸多鬼故事。

三

除了游荡的鬼,还有妖怪出没。清明时节万物复苏,人心蠢蠢欲动,其他动物也开始活跃,有许多精怪在此时出现,介入红尘繁华之中。

宋代话本《西湖三塔记》写到了清明时节的西湖:"乍雨

乍晴天气，不寒不暖风光。盈盈嫩绿，有如剪就薄薄轻罗；袅袅轻红，不若裁成鲜鲜丽锦。弄舌黄莺啼别院，寻香粉蝶绕雕栏。"此时正是南宋孝宗在位，临安府有一个年轻人叫奚宣赞，在清明节这天去西湖上游玩，遇到一个迷路的小女孩，名叫卯奴，奚宣赞不知小女孩家在何处，便带回自己家。十几天后，卯奴家有个年迈的老婆婆前来寻找，见了奚宣赞，千恩万谢，请宣赞到家里做客。

在卯奴家里，有个白衣娘子，是卯奴的母亲，自称没有丈夫，便要嫁给宣赞，硬留宣赞在家里成亲。后来宣赞见白衣娘子吃人，才知道是个妖怪，在卯奴的帮助下，逃回了家，与母亲搬到别处躲避。一年后的清明节，奚宣赞又遇到了这伙妖怪，幸有宣赞的叔叔在龙虎山学道归来，人称奚真人，他出手将妖怪降服，"只见卯奴变成了乌鸡，婆子是个獭，白衣娘子是条白蛇"。奚真人将三个怪物放在铁罐里，放在西湖中，并造了三座石塔，用来镇压三怪，这便是西湖中三座石塔的由来。一元钱人民币的背面图案，便是这三座石塔。

《西湖三塔记》是《白蛇传》的前身，从奚宣赞到许仙，应是音节的转化，白衣娘子就是白素贞的前身。《白蛇传》中也是许仙清明节这天祭拜完父母，回家路上遇到了白蛇和青蛇，才演绎出一段轰轰烈烈的人妖之恋。

可见，清明节真是妖怪的活跃期，各路妖怪出动，出行亟须谨慎。若从现实中看，春暖之时，毒虫蛇蝎也开始活跃，出行之际，正当防备这些害人虫，这或许才是清明节妖怪故事的现实基础。

四

除了猛鬼和妖怪，清明时节也有人死后复生，演绎出一段爱情的佳话。

孟棨《本事诗》载，唐代诗人崔护举进士不第，在清明节这天一个人去城南游玩，到了一处宅子，进去讨水喝。宅子里出来一个女子，崔护见女子美貌，便有了爱慕之心。辞别之后，不觉又过了一年，清明节又到了，崔护忍不住再去原处寻找，却见门锁着，惆怅万端，便在门上题诗一首："去年今日此门中，人面桃花相映红。人面只今何处去，桃花依旧笑春风。"这首诗为崔护赢得了不朽的身后名。

几天之后，崔护心中挂念，又去城南的村子走动，来到女子家门前，听到屋内有哭声，叩打门环，出来一个老翁，说："你是崔护吧？"崔答曰："是。"老翁哭着说："你害死了我女儿。"崔护非常吃惊，老翁接着说："我女儿知书达理，未许配人家。从去年以来，经常精神恍惚，前天和她出门，回来时，她看见崔护的题诗，进门就病了，不吃不喝，几天后就死了。"崔护深感悲痛，这才知道女子对他也极为中意，到屋里一看，女子躺在床上。崔护哭着说："崔护在这里，崔护在这里。"女子居然睁开双眼，又过了半天便复活了。老翁大喜，便把女儿嫁给了崔护。

古人的爱真是含蓄。各有好感，却不敢表白，直到死去活来，才成就姻缘，其间经历了两个清明节，又经历了生死交割。女子死后复生，据说是"精诚所感"。若按志怪的套路，在清明节看到一座宅院，其中有一个美貌女子，多半是鬼怪；而崔护的运气好得多，他遇到的不是鬼怪，而是人，还因此留下了一首千古绝唱。女子死后复活，则是另一种意义上的志怪故事，正是所谓的"还魂"，亦称"回魂"。

五

清明节有这么多奇异的故事发生。有的惊心动魄，有的麻烦缠身，还有的姻缘美满，而且这些都是古人在外出游玩时发生的事故，清明节真可谓"多事之春"。在万物萌发滋长的季节里，却也是为先人扫墓的日子，看似悖谬，却正是死亡之中孕育着新生，循环往复，生生不息。自然万物之规律，恰在这一天里格外清晰明澈。

端午节的五毒

进入五月,气温升高,雨水充沛,毒虫繁衍滋生,纷纷出来害人,因此五月又被称为"毒月"。旧时端午节有"驱五毒"之说。五毒即五种毒虫,说法不一,一般认为是蛇、蝎、蜈蚣、壁虎、蟾蜍五种。其实壁虎本来没有毒,也被归入了五毒之列,也有的版本将壁虎替换为蜘蛛。有一出京剧《五毒传》,五种毒虫修成了人形,分别是红蟒精、蝎子精、蜈蚣精、蝎虎精、蛤蟆精,五个妖怪为祸世间,后被张天师降服。古人受毒虫之害,故将五毒想象为妖怪。

驱五毒的方法,以门前插艾草最为常见。孔尚任《节序同风录》载:"带露采艾,插门户及床帐,辟毒虫。"艾草又名艾蒿,是一种香草,人们注意到其药用价值,便在端午这天采来插在门上;还有的更为精细,用艾草扎成人形,有的扎成虎形,名曰"艾虎",据说效果更佳。

也有的地区将艾草晾干点燃,在屋里用烟熏遍墙角旮旯,再撒一遍石灰粉,也可以将毒虫消灭。用艾草、菖蒲等药草沐浴，也可起到防病的功效。此外，还有内服的药剂，在酒中加入雄黄，即雄黄酒，饮了雄黄酒，便可辟邪解毒。在《白蛇传》的故事中，千年蛇妖也难抵挡雄黄酒的威力，在端午节这一天现出了原形，许仙被活活吓死。

清宫戏剧画册《五毒传》

天师驱五毒　（清）民间纸马

与此同时，古人也相信一些符咒的力量，比如用红纸画出五种毒虫的形状，贴在墙上，在端午这天，用五根针将这五个毒虫一一扎上，就认为毒物已经被刺死，不能再出来作怪了。这种习俗还带有几分巫术色彩。用五毒形象的印子，蘸了红颜料，盖在糕点之上，据说吃了也能镇压五毒。

《燕京岁时记》载："端阳日用彩纸剪成各样葫芦，倒粘于门阑上，以泄毒气。"葫芦纹样的剪纸倒贴在门上，据说就可以将五毒的毒气泄掉。也有的人家贴钟馗像，钟馗手拿宝剑，将五种毒虫一一斩杀。民间纸马中又有雷公击五毒的图像，图中有一道雷符，尖嘴猴腮的雷公从空中飞来，手拿雷公锤，敲出雷电，地上的五种毒虫当中，蛇和蝎已经变成了人头虫身的怪物，雷电击来，五种毒虫惊慌逃窜。

据《荆楚岁时记》载："以五彩丝系臂，名曰辟兵，令人不病瘟。"据说佩戴五色线，是因屈原而起。《世说新语》中说五色线缠绕粽子，扔到江中祭奠屈原，蛟龙见了五色线，就不敢偷吃。五色线也用来刺绣，在孩子的肚兜或鞋子上绣出五毒的纹样，所谓以毒攻毒，孩子穿了便会避开毒虫。五色线或是暗含五行，也或许是古人文身习俗的延续。

古人在端午节时驱五毒，是颇有仪式感的节令习俗，其中有一些还沿用至今。用现代眼光来看，毒虫携带病菌，叮咬之后传播疾病，驱除毒虫则有免疫与保健之功效。

重阳节的厉鬼

南朝吴均《续齐谐记》中写到汝南人桓景追随费长房游学。费长房在东汉时做过汝南市掾,后来跟仙人壶公入山修道,能够鞭笞百鬼;后因驱鬼的符咒丢失,被百鬼所杀,是一个被神化了的人物。

有一天费长房忽然对桓景说:"九月九日,汝家中当有灾。"当费长房公布了这个神秘的预言之后,随即道出了破解之法:用布囊装着茱萸,系在手臂上,登高,饮菊花酒,就可以避过这场灾难。

桓景照费长房的话去做,全家人登山旅行,傍晚回家时,见家中"鸡犬牛羊一时暴死"。桓景把这事告诉了费长房,费长房说:"鸡犬牛羊是代替你们死的。"后世九月初九这天佩戴茱萸登高的风俗,就是从此而来。

不知桓景家里发生了什么灾祸,似乎是遭遇了瘟疫或妖物的袭击,家中禽畜无一幸免,费长房的神秘预言留下了大片空白。清代无垢道人的《八仙得道传》敷衍了桓景登高

五瘟大帝　（明）水陆画

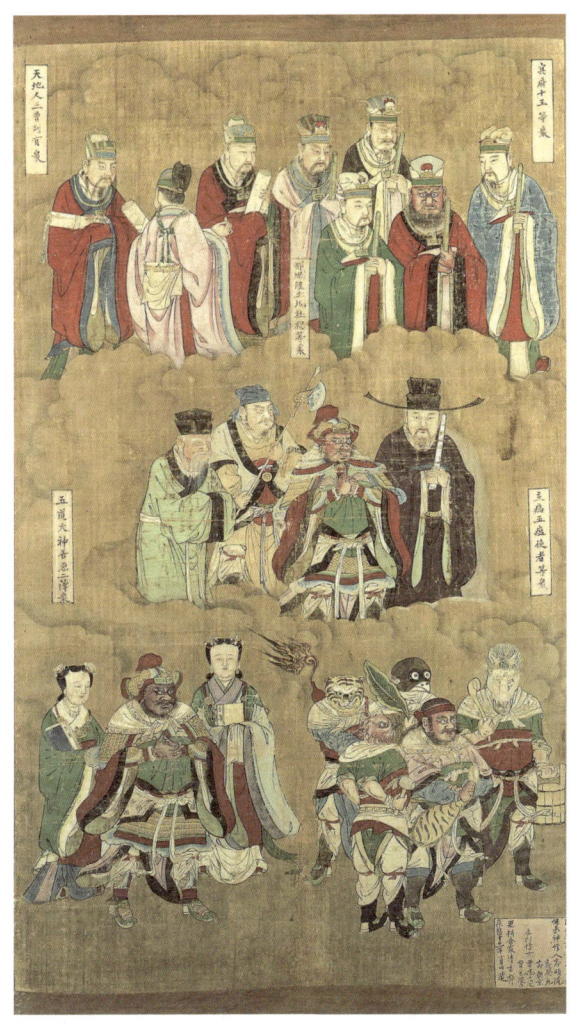

冥府城隍及五瘟使者 （明）水陆画

避难的故事,补上了这段空白。原来桓景早年得到异人的指点,两眼能看到鬼,所以看破了很多奸谋,遭到了鬼的嫉恨。众鬼之中有一个刻薄鬼,想出了一条应对之法,他说:"桓景那厮,也是一个聪明的人儿。他的眼又亮,计又多,又有我们官长帮他的忙。若是大张旗鼓和他公然交战,是万万不行的。最好之计自然莫过于暗箭伤人。依我之见,现当秋令初过,疫疠流行之时,可请瘟部中几位同志,前去他家,四处八方,播些瘟疫的种子。不但可杀桓景,简直可以灭他满门。"

桓景也不知大祸临头,幸被费长房预先算出,但又怕说出实情,使桓景与百鬼的冤仇越来越深,便对桓景说:"你家有大灾,可于明天一早,率领全家大小男女上下人等,一起到高山之上,游玩一天。每人要臂缠一囊,其中盛满茱萸。如果没有囊,可放在衣袋中也好。这东西可以避毒解瘟,拒妖辟鬼。更有一言切莫忘记,起身之后,便当即刻出门,不得进一点食物,喝一口汤水。若是违了我言,便是逃到山上,仍不免有性命之忧……你们需等到日落西山,黄昏月上,方可回来,早一刻都是不行的。"

桓景家里发生的异常,经过这番演绎倒也热闹,又有瘟部诸鬼在桓景家播撒瘟毒的细节,颇觉滑稽,但又觉说尽,不如《续齐谐记》中的大片留白更有深意。费长房所嘱的茱萸囊、菊花酒这两样,在药性上都有解毒避瘟的功效,千百年来流传不绝。汉代的《西京杂记》载:"九月九日,佩茱萸,食蓬饵,饮菊花酒,云令人长寿。"唐代王维的《九月九日忆山东兄弟》更是脍炙人口:"独在异乡为异客,每逢佳节倍思亲。遥知兄弟登高处,遍插茱萸少一人。"佩戴茱萸登高已成为重阳节不可缺少的内容。

重阳之后,天气渐凉,草木开始凋零,重阳节登山"辞青"与古人在阳春三月春游"踏青"遥相呼应。清代潘荣陛《帝京岁时纪胜》记载重阳时"携酌于各门郊外痛饮终日,谓之辞青"。冬日即将来临,万物肃杀,人们终日痛饮,是对生命的送别,辞青的举动壮而不悲,是古人对时序更替的理解,从生命本体出发,与自然万物同感萧瑟。或许,费长房的神秘预言所对应的神秘力量,就是季节更换之时肃杀之气——需要避其锋芒,沉潜珍重。

虎外婆的变形术

清人黄之隽有一则《虎媪传》,讲的是一只老虎变成外婆,并吃掉小朋友的故事。这个故事与欧洲童话中的《小红帽》有着惊人的相似之处。《虎媪传》比《小红帽》时间稍早,来自江南华亭(今上海)的书生黄之隽,与来自德国黑森州的格林兄弟,都在留心搜集整理民间故事,虎外婆、狼外婆之类的故事模型,居然在中德两国的民间都有流传,真是个有趣的现象。

《虎媪传》里的媪,是老妇人的意思。在《虎媪传》的开头,有一山民让女儿"携一筐枣,问遗其外母",女孩的小弟也跟着一块去了,两个孩子都是十来岁,他们就这样愉快地出发了。在途中,怪事发生了,原本熟悉的道路,姐弟二人却迷失了方向,"日暮迷途,遇一媪"。这个老妇人问孩子:"你们要去哪里?"孩子回答:"我们要去看外婆。"老妇人说:"我就是。"两个孩子将信将疑,他们依稀记得,外婆脸上有七颗黑痣。老妇人说:"刚才用簸箕筛糠,脸上落了灰尘，我去洗一洗。"说完，她就走到溪涧旁去洗脸，顺势在溪流中捡了七个螺，贴在脸上。转回身来对两个孩子说："见黑子乎？"姐弟俩这才相信，跟着这个外婆回家。

在简单吃过晚饭之后，外婆与姐弟俩同榻而眠。在床上，又发生了一系列恐怖的情节：

> 既寝，女觉其体有毛，曰："何也？"媪曰："而公敝羊裘也，天寒，衣以寝耳。"夜半闻食声，女曰："何？"媪曰："食汝枣脯也，夜寒且永，吾年老不忍饥。"女曰："儿亦饥。"与一枣，则冷然人指也。

原来，这外婆吃的不是枣，而是弟弟的手指，可怜的弟弟已经被吃掉了。女孩赶紧跑到屋外，爬上一棵大树。外婆咆哮着冲到树下，却无法上树，于是外婆转身去叫同伴。在一位过路樵夫的帮助下，小女孩从树上下来，只把衣服挂在树上，躲在一边静观其变。不多时，来了一群老虎，带头的老虎正是外婆。众虎看到树上只有一件衣服，并无活人可吃，认为虎媪在说谎，于是众虎一齐发力，把虎外婆给咬死了。

这个故事是根据安徽一带的民间传说改编而来，收录在《广虞初新志》中。台湾也有类似的故事，谓之"虎姑婆"，故事版本有几百种之多。流传最广的当属王诗琅在《鸭母王·台湾民间故事卷》中的版本。这个版本对《虎媪传》稍作改动，说的是母亲要出门，把姐弟俩留在家里，嘱咐他们不要给陌生人开门。母亲走后，虎姑婆来了，骗得姐弟俩开了门。后来虎姑婆露出了破绽——老虎变化为人形之后，偶尔还会露出些虎的特征。姐姐见状，用热油烫死了虎姑婆。改造之后的故事扣人心弦，又褒扬了姐姐的机智，作恶多端的虎姑婆同样受到了惩罚。

◀ 虎皮单袍（清）
▶ 杏黄缎虎头帽（清）

虎外婆是个令人心生恐怖的角色。其形象令人想起《山海经》里"人面虎身，有文有尾"的西王母。这种虎形的神明，还带有一些上古时代部族图腾的色彩，沉淀在民众的集体记忆中，从虎外婆的身上，可以看到西王母的影子。

除了上古神话的影响，自然环境的问题也不容小觑。虎外婆的故事起于清代，到民国时，浙江、湖南、山东等地的民间故事中仍有虎外婆的形象，这或与当时的虎患有关。在地广人稀的古代，许多地区还保留着原始风貌。直到明清时期，人口剧增，山林草泽遭到破坏，老虎走出山林，虎患开始肆虐，给人们留下了痛苦的记忆。

在明清两代的各地县志里，虎患的记载随处可见。据《宝山县志》载，明正统二年（1437）吴淞附近有白额虎出没，伤六十五人，"居民号恸死不辜，哭声夜半于穹苍"。《罗源县志》中记载了官兵平息虎患："康熙四十七年春，群虎夜夜入市。三月，游击陈腾龙督兵民捕之，前后杀获六虎，患遂息。"

如今虎也成了稀罕物。在黄之隽生活的清朝康熙年间，山林中还活跃着花斑的猛虎，它们孔武有力，能瞬间致人死地，而行踪又飘忽不定，是一种神秘而又强大的存在。《虎媪传》开头即写道："歙居万山中，多虎，其老而牝者，或为人以害人。"老虎被妖魔化，似也正当其时。

别拿黄鼠狼不当神仙

一

在胶东，流传着一个黄鼠狼吃鱼的故事。有一家的媳妇被黄鼠狼附了身，哭闹着要吃鱼，家里人做鱼给她吃，吃了十几斤，却仍没吃饱。她的丈夫到菜园去浇菜，见一个黄鼠狼躺在篱笆下，肚子撑得溜圆，原来那些鱼都进了它肚里。直到她的丈夫抡圆了铁锹把黄鼠狼打死，她才如梦初醒。

母亲在讲这个故事时总是说——黄鼠狼守在那个女人嘴边，周围的人都看不见她，这是黄鼠狼使的障眼法。那个女人在恍惚间看到一只肥硕的黄鼠狼，每当筷子夹了鱼送到嘴边，黄鼠狼就一跃而起，抢走了到嘴边的美味，所以她总是吃不饱。

俗语有云：别拿黄鼠狼不当神仙，说的即是黄鼠狼的神通。像这样的故事，在北方极为常见，内地的故事中说的是吃肉，胶东濒海，便衍化为吃鱼。在民间叙事的语境中，黄鼠狼是一种有灵性的动物，在它身上，附会出诸多怪异的故事，它能迷惑人，也能附到人身上，如果对其不恭，还会引来灾祸。

黄鼠狼的学名叫黄鼬，是一种小型的食肉动物，有着棕黄色的毛，长尾，体内有臭腺，遇到危险时，肛门排出臭气。如果被这种气体直接冲击到头部，会有中毒现象，头晕

黄鼠狼　十八世纪的外销画

目眩及恶心呕吐，甚至产生幻觉，这或许是黄鼠狼被妖魔化的根源。机缘巧合之下，黄鼠狼的臭气曾令人心智迷失，进入恍惚的幻境。由此，人们相信，黄鼠狼能迷惑人。

黄鼠狼尾巴上的毛可以做毛笔，这种笔叫作狼毫笔。黄鼠狼的毛有弹性，铺开后易于收拢，笔锋很是劲健。帝国的士子们自幼年起即接受一套严密的训练，以后的许多年，他们摇动着狼毫笔写下致幻的辞章，同样收到蛊惑人的功效。

二

作为一种常见动物，黄鼠狼早就进入了古人的视野。古人对黄鼠狼的认识已经很到位，观察也极为细致。黄鼠狼的异名颇多，在我国古代的博物学体系中，黄鼠狼又名黄鼬。《说文解字》中说它"如鼠，赤黄而大，食鼠者"。《山海经》里甚至有一个鼬姓之国，或许是以黄鼠狼为图腾的部族，那时的山林草泽之中，黄鼠狼的身影随处可见。《三才图会》中称之为鼬鼠："鼬鼠似貂，赤黄色，大尾，俗谓之鼠狼，健于捕鼠，一名鼪。"李时珍《本草纲目》中说黄鼠狼又名地猴，而《康熙字典》说黄鼠狼又名狼猫。

地猴和狼猫这两个名字都有奇趣，可见古人在对动物命名的方法，猴指代的是迅捷，狼指代的是凶猛，而猫指代的是食鼠的习性。这些元素时常自由组合为新的动物名字，又

黄鼬　据《博物馆兽谱》

因为地域的不同,黄鼠狼的名字变化多端,令人难以捉摸。在它众多的异名中,还是"黄鼠狼"这个名字后来居上,其他名字已然被人淡忘。

在后世的典籍中,它的身影多出现在医书中。黄鼠狼这一名字,最早当出于《神农本草经》,至于其功效,却是众说纷纭。《本草纲目》认为黄鼠狼的心肝是良药,其心肝"气味臭,微毒,治心腹痛,杀虫"。具体的方法是:"用黄鼠心、肝、肺一具,阴干,瓦焙为末,入乳香、没药、孩儿茶、血竭末各三分,每服一钱,烧酒调下立止。"《戒庵老人漫笔》则认为"中满腹胀，食黄鼠狼甚效"。民间偏方又有煎油涂冻疮之说。这些药方的功效，都是值得怀疑的。

此时的黄鼠狼还未见灵异，虽名目繁多，但只是一种善于捕鼠的动物，偶尔也被医家写进药方里。到后来，尤其是清代以后，黄鼠狼先在家宅中作妖作乱，人们不敢招惹，转而虔心奉祀。这时的黄鼠狼地位尊崇，没人敢随意伤害它，更不用说捕捉来做药用了。

三

黄鼠狼成精的记载出现较晚，在明清的志怪笔记中才略有涉及。相对于那些千年老妖，它只能算是个年轻的妖怪，在妖怪家族中叨陪末座。由于法力低微，它们很少有完全变成人形者，更多时候，它们只是以本来面貌出现，做出的举动却是在模仿人。

黄鼠狼在旧时家宅中常见。时间退回几百年前，家宅与山野的界限尚不甚分明，各色鸟类停在墙头，啼鸣不止，蛇鼠狐鼬将洞穴由墙外开掘到了墙内。它们并不怕人，在共同的生存空间之内，它们时常给人带来惊吓。

明代陆粲的《庚巳编》中写到了黄鼠狼作怪。苏州玄妙观有个道士张宗茂，道术通玄，善于使用符咒。当地有位陈举人，他家里出现成群结队的黄鼠狼，捕食家禽，咬坏衣服，陈举人不堪其扰，找人占卜。卜者说："只有张宗茂的符咒之术能够驱逐黄鼠狼。"这天张宗茂正在读书，眼前突然出现一个怪物，向他拱手施礼，这个怪物的身子是人，头部是黄鼠狼。怪物对张宗茂说："我们和陈举人家有仇，希望道长不要干涉。"张宗茂大声呵斥，斥退了黄鼠狼。随后，张宗茂来到陈举人家，写了符咒，妖怪就销声匿迹了。黄鼠狼头、人身的怪物形象实不多见，这应是黄鼠狼中道行极深者，已经快要修成人形了。

除了捣乱，黄鼠狼还善于迷惑人。《聊斋志异》中有一则故事，说到了黄鼠狼迷惑人：有一位孙翁白天在家躺着休息，忽然有一物爬上床榻，顿觉全身飘摇，像腾云驾雾，偷眼观看，但见"物大如猫，黄毛而碧嘴，自足边来"。此物小心翼翼，生怕惊动了孙翁，"逡巡附体，着足足痿，着股股软"。这真是骇人的力量，它所碰到的人身上的部位，立即酸软无力。孙翁骤然跃起，捉住了它，哪知这家伙忽然缩小，腹部缩为细管，险些脱去，孙翁急忙攥紧，它的腹部立刻又膨胀为碗口粗，坚硬难以握动。孙翁忙让夫人拿刀来，夫人急切中找不到刀，孙翁转头指着放刀的位置，等再转回头来，手里空空如也，这个怪物已经不见了。这则故事题为《捉狐》，蒲松龄认为这是狐狸，而文中提到的动物"大如猫，黄毛碧嘴"，显然是黄鼠狼在作怪，狐狸与黄鼠狼之间产生了混淆。在民间话语中，这二者皆是有灵性的动物，而且都是皮毛、四足、长尾，来去迅捷。这种混淆或许是视觉上的误差，或许是故事传播过程中的变异。

不单民宅，官府之中也常有黄鼠狼前来捣乱。丁柔克的《柳弧》写某布政使的衙署内多有黄鼠狼出没。这一日，布政使大人忽然大声号叫，原来，"黄鼠狼已钻入方伯裤裆中矣"，有此闹剧，衙署的庄严氛围遭到了嘲弄。袁枚的《子不语》中也提到了黄鼠狼，说的是绍兴师爷周养仲在安徽做幕僚，有一天忽见"房门自开，有一白鼠如人拱立"。这只白鼠身边有两只黄鼠狼，"拖长尾，含芦柴，演吕布耍枪戏，似皆白鼠之奴隶，求媚于鼠王者也。"这里说的黄鼠狼能演戏，用芦柴当长枪饰演吕布，来讨好鼠王，似也有所讽喻。

十七、十八世纪左右的中国，算得上地广人稀，不论民宅还是官舍，都与大自然亲近，人力建造出的城郭村寨，是在与野生动物们争夺地盘，人与动物共处在同一空间内。旧时的乡村农舍靠近野地，常有黄鼠狼翻墙而过，骚扰家禽；它有时还会两只后腿着地，像人一样直立起来。它与人频繁接触，其所作所为慢慢发酵，与它有关的故事开始流传。

四

黄鼠狼由妖而成为民间信仰之一种，似乎是清军入关以后的事。周作人认为这是东北亚地区萨满教的支脉，是"自然崇拜"与"动物崇拜"的余絮。东北称黄鼠狼为"黄皮子",在萨满巫术仪式中可以附到人身上,借人之口说话;且能知过去未来之事,为人预测吉凶。也有观念认为,这是正道衰落的象征。人们发现,不论怎样虔心祷告,高高在上的正神们都无动于衷,所求也无应验,便对正神失去了信心,反而改奉邪神和妖仙。据说它们会给人带来一些眼前的利益,与此同时,它们又常常恶作剧来捉弄人,所谓"请神容易送神难";即便如此,为了眼前的利益,仍有人趋之若鹜。

薛福成《庸庵笔记》载:"北方人以狐蛇猬鼠及黄鼠狼五物为财神,民间见此五者,不敢触犯,故有五显财神庙。"华北一带的民间又有"四大门"之说,所谓四大门,是对四种灵异动物的总称,这四种动物是:狐狸、黄鼠狼、刺猬和长虫(蛇)。其中的黄鼠狼又称"黄门""黄仙""黄三太爷"等,有神龛供奉,即所谓的"仙坛",可向其求财,也可求医问药,人们平时遇到黄鼠狼也不敢伤害。俞樾《右台仙馆笔记》提到天津的乡间妇女看病,就去找女巫看,当地人称女巫为"姑娘子",焚香之后念念有词,便有神来附体。附体之神有五种:"有曰白老太太者,猬也;有曰黄少奶奶者,鼠狼也;有曰胡姑娘者,狐也;又有蛇、鼠二物,津人合而称之为五家之神。"其中的黄少奶奶,是个年轻妇人,也是黄鼠狼变化的。

黄鼠狼的崇拜,应该是一种"拟人的宗教",将其想象为人形的神，并作为家神的一种来祭拜，期盼福来祸去。这是较为功利的信仰，同时还掺入了道教和佛教的元素，杂糅为一种民俗信仰。在当时的意识形态之下，这种动物崇拜属于淫祀邪信。民国十年（1921）的《凤城县志》提到"民警不时捕治"，但"仍难禁绝"。民国十五年（1926）的《双城县志》提到这种信仰"暗中仍属不少，乡间尤多"，可见这类民间信仰具有顽强的生存及变通能力。

二十世纪三十年代末，燕京大学社会学系的学生李慰祖在北平西北郊调查发现，虽然受到国民政府的打压，但是包括黄鼠狼信仰在内的"四大门"依然香火旺盛。为黄鼠狼等大仙服务的人，称之为"香头"，主要负责医病、除祟、禳解、指示吉凶等方术。有的香头是自愿的，而有的是被黄大仙上了身，被迫为其服务。这又有个名堂，叫作"当香差"，与仙家是一种主从关系，香头也自称是某仙的弟子。

李慰祖在《四大门》还提到黄鼠狼的故事："黄门中务正道的很少，总是搅乱人家的家宅，可以说是四大门中的败类。黄门是不肯到山中去潜修的，总是在农场、农家里停留。黄门修炼时，头上顶着一个死人的头盖骨，在村中跑来跑去，逢人便问：您瞧我像人不像？"后来在六王庄有个乡民王三，看到一位"黄爷"变成一个小孩的样子，就用镰刀当头劈下去，正中头顶，"黄爷"不见了。此后这位"黄爷"每天晚上在村里跑来跑去，嘴里还念唱着："天不怕，地不怕，就怕王三的镰刀把。"打这以后，王三就成为"捉妖的"，黄爷去谁家闹，就请王三去，王三一到，黄爷立刻避开。

五

这些来自乡野的故事骇人听闻，其神秘色彩又助长了传播速度，故事的讲述者往往对此深信不疑。由古老的恐惧，到民间的信仰，黄鼠狼的成仙之路可谓隐秘。黄鼠狼的信仰有着更为复杂的民俗文化心理作为支撑，时至今日，我们仍能在某些地区发现其蛛丝马迹。不能简单粗暴地以封建迷信论之，而应以社会学、人类学的眼光看待。

不难发现，民间信仰的整合能力极强，风俗习惯、乡野传闻、心理诉求，以及各种宗教形式的知识碎片，都会被连缀起来，从而生成新的体系；在一定的地域范围之内，这成为人们约定俗成的精神共同体。

在这种体系之内，黄鼠狼也被当作神仙，它处于中国神仙谱系的最底层，与那些高高在上的满天神佛相比，它与百姓的距离可能是最近的。

图书在版编目（CIP）数据

故国之妖 / 盛文强著. —— 成都：四川文艺出版社，2021.11
ISBN 978-7-5411-5604-5

Ⅰ.①故… Ⅱ.①盛… Ⅲ.①神话—文学研究—中国—古代 Ⅳ.①I207.73

中国版本图书馆CIP数据核字（2021）第127257号

GUGUOZHIYAO
故国之妖

盛文强 著

出 品 人	张庆宁
责任编辑	张亮亮
封面设计	叶 茂
内文设计	史小燕
责任校对	蓝 海
责任印制	崔 娜

出版发行	四川文艺出版社（成都市槐树街2号）
网　　址	www.scwys.com
电　　话	028-86259287（发行部）　028-86259303（编辑部）
传　　真	028-86259306
邮购地址	成都市槐树街2号四川文艺出版社邮购部　610031
排　　版	四川胜翔数码印务设计有限公司
印　　刷	成都东江印务有限公司
成品尺寸	140mm×200mm　　开　本　32开
印　　张	10　　　　　　　　字　数　210千
版　　次	2021年11月第一版　印　次　2021年11月第一次印刷
书　　号	ISBN 978-7-5411-5604-5
定　　价	78.00元

版权所有·侵权必究。如有质量问题，请与出版社联系更换。028-86259301